흙 냄새 나는 이야기

흙 냄새 나는 이야기

흙 냄새 나는 이야기

세월의 자락에서 길어 올린 이웃의 온기

초 판 1쇄 2026년 01월 16일

지은이 유애선
펴낸이 류종렬

펴낸곳 미다스북스
본부장 임종익
편집장 이다경, 김가영
디자인 윤영빈, 임인영, 윤가희
책임진행 김은진, 이예나, 안채원, 국소리, 송가희, 이지영

등록 2001년 3월 21일 제2001-000040호
주소 서울시 마포구 양화로 133 서교타워 711호, 808호
전화 02) 322-7802~3
팩스 02) 6007-1845
블로그 http://blog.naver.com/midasbooks
전자주소 midasbooks@hanmail.net
페이스북 https://www.facebook.com/midasbooks425
인스타그램 https://www.instagram.com/midasbooks

© 유애선, 미다스북스 2026, *Printed in Korea*.

ISBN 979-11-7355-660-9 03810

값 18,500원

미다스북스는 다음세대에게 필요한 지혜와 교양을 생각합니다.

흙 냄새 나는 이야기

세월의 자락에서 길어 올린 이웃의 온기

유애선 지음

미다스북스

이 책은 제 혼자의 힘이 아니라, 여러 사람의 손길과 응원 위에 놓인
결과물입니다. 그 한 분 한 분의 마음에, 이 자리를 빌려 깊이 감사드립니다.

자연과 이웃은 인간을 회복시킵니다. 전원에서 살아오며 마음에 남은 순간들을 기록해 보았습니다. 이 책이 독자들에게 잠시 회복되는 시간을 가져다주길 바랍니다.

목차

제1부

아련히 떠오르는 유년의 기억들

제2부

햇살 속에 스며든 농촌의 하루

제1부
아련히 떠오르는 유년의 기억들

나이가 들어도 고향을 잊는 사람은 없다. 보고 싶고 가고 싶은 내 고향, 거짓말처럼 어느새 나는 노년이 되어 있다. 내 자녀들도 머리가 희끗희끗 중년이 되어 간다.

착한 내 언니

긴 설 명절 연휴가 끝났다. 자녀들이 다녀가고 나니 집 안은 다시 절간처럼 조용하다. 이럴 때면 으레 전화로 안부를 묻곤 하는 사람이 있다. 전화기를 들기도 전에 벨이 울린다. 용케도 서로 마음이 통한 듯하다. 물론 언니다.

"동생, 명절 잘 보냈는가? 애들은 건강히 다녀갔지?"

언니의 다정한 목소리. 언제 들어도 반갑고 보고 싶은 목소리다. 명절이 끝난 뒤 항상 안부를 전해 오곤 한다. 언니는 올해로 82세, 나보다 열 살이 많다.

참으로 오래전의 일이다. 70여 년 전, 내가 한 살 때 6.25전쟁이 발발했다. 큰오빠가 당시 스무 살로 결혼한 지 다섯 달밖에 되지 않았을 때 의용군 입영 통지서를 받았다. 그 순간 우리 집은 초비상 상태가 되었다. 어머니는 며칠만 숨어 위기를 넘겨 보자고 간곡히 부탁했지만 소용없었다. 결국, 오빠는 동네 청년 몇 명과 함께 강제로 의용군에 끌려갔고 우리 집의 불행이 시작되었다.

몇 년이 지나도 큰오빠는 무소식이었다. 함께 끌려갔던 동네 청년들이 하나둘 돌아오면서 어머니는 시름시름 앓기 시작했고, 결국 중증 병에 걸려 몸져누우셨다. 그때부터 집안 살림은 어린 언니가 도맡아 하게 되었다. 매일 보리방아를 찧고, 냇물에 가서 빨래를 하고, 동생을 돌보며 어머니의 몫을 책임졌다. 언니는 힘든 일을 도맡으면서도 불평 한마디 내비치지 않았다. 내가 아주 어렸던 터라, 나를 업고 다니며 밥을 먹이고 잠도 같이 자 주었다고 했다. 어머니가 병석에 누워 계셔서 내가 의지할 사람은 오직 언니뿐이었다.

그렇게 수년이 흘렀다. 언니가 집안 살림만 하는 동안 동네 동갑내기들은 읍내 초등학교에 다녔고, 언니는 초등학교 입학 시기를 놓쳤다. 오빠의 무소식이 5년을 넘기자, 그동안 친정에서 살다시피 하던 새언니가 재가했다. 어머니의 병세는 더욱 악화되었고, 집안 분위기는 온통 암울했다. 그런 상황 속에서도 하루하루 맡은 일을 잘도 해냈다.

언니는 그 당시 16세였다. 초등학교에 입학할 나이는 이미 지났고, 언니 아래로는 오빠 한 명이 있었는데, 학교에 다니고 있었다. 그럼에도 불평 한마디 없이 어머니의 병이 나아지기만을 간절히 기다렸다.

그 후 언니는 읍내 초등학교 교장선생님의 배려로 4학년으로 입학했다. 학교에 가기 전, 동생들에게서 어깨너머로 한글과 구구단을 모두 익

힐 정도로 열심이었다. 그리고 학교 다니는 3년 동안 매년 개근상을 받았다. 그 시절의 개근상은 학업 우수상에 못지않은 큰 상이었다. 얼마나 학교가 그리웠을까? 이 모습을 본 어머니는 6년 과정의 초등학교를 3년에 마친 언니에게 읍내 양재학원에 6개월 과정을 수료하도록 보내 주셨다. 어머니 자신 때문에 큰딸 공부를 엉망으로 시켰다며 종종 안타까워하셨다.

초등학교와 양재학원을 졸업한 후, 언니는 집에 머물며 병중에 계신 어머니를 도와 집안일을 돌봤다. 식구도 많고 농사처도 많아서 늘 바빴고, 길쌈까지 해야 했기에 쉬는 시간은 거의 없었다. 그럼에도 막내인 나를 무척 귀여워해 주었다. 소식이 없는 큰오빠로 인해 집안은 늘 슬픔에 잠겨 있었고 어머니는 병석에 계시다 보니 나는 언니를 많이 의지했다. 언니는 말이 없고 웃기를 잘했는데, 일할 때면 일손이 참 빨랐다. 그때마다 부모님의 칭찬을 자주 들었고, 그래서 그 힘든 집안일을 잘 해냈나 보다.

어느 날, 낯선 어른 한 분이 우리 집에 찾아왔다. 그는 언니의 모습을 유심히 살피더니 흐뭇한 표정을 지으며 돌아갔다. 무슨 일인지 몰라 의아해하던 나는 나중에야 그가 언니를 선보러 온 사람이라는 것을 알게 되었다. 선을 보다니, 앞으로 언니 없이 어떻게 살아갈지 막막했다. 아,

안 돼! 내 마음을 누가 알겠는가. 하지만 일은 잘도 진행되었고 선을 본 지 얼마 되지 않아 결혼 날짜가 정해졌다. 마치 세상이 무너지는 것 같았다. 아픈 어머니를 두고, 나는 이제 누구에게 의지할까. 밥은 누가 하고, 보리방아는 누가 찧으며, 빨래와 집안일은 어떻게 할까. 그런 생각들로 머릿속이 가득했지만, 결혼식 날은 점점 다가오고 있었다.

그런데 이상한 것은 어머니가 아프다고 하시면서도 일어나 언니 혼수를 챙기기 시작하신 것이다. 당시 혼수에는 이불 두 채가 기본이었지만, 어머니는 세 채를 준비하셨다. 게다가 동네 어디에서도 보기 힘든 재봉틀과 천둥 화로까지 마련하셨다. 그 외에도 혼수 품목이 하나둘 추가되었다. 이 모든 것은 어머니가 장롱 밑에 한 푼 한 푼 아버지 모르게 모아 둔 돈으로 준비하신 것이었다. 언니의 결혼이 다가오던 어느 날, 안방에서 어머니가 아버지에게 말씀하시는 것을 들었다.

"비록 내가 아픈 몸이지만, 딸 혼수만큼은 내 마음껏 해 주고 싶어요. 나 때문에 초등학교도 우습게 마치고 세상에 이런 어미가 어디 있겠소."

하면서 우시다가

"혼수 몇 가지 더 챙긴다고 자식에게 진 빚을 다 갚을 수는 없지만."

하고는 말끝을 흐리셨다. 그 말을 듣던 아버지는 아무 말씀도 하지 않으셨다. 당시 아버지도 자녀 교육에 관심이 무척 많으셨다. 얼마나 마음이 아프셨을까.

결혼식 날, 예식이 끝난 후 신랑 신부가 탄 차가 떠나자 나는 큰 대문 뒤로 숨어 엉엉 울었다. 콧물과 눈물이 뒤범벅이 된 얼굴로 울어도 마음은 풀리지 않았다. 얼마나 울었을까. 한참 후 내 모습을 발견한 어머니는

"아가, 이럴 줄 알았다. 내 마음도 쓰리고 아프다. 하지만 어쩌겠니."

하면서 나를 꼭 끌어안으셨고, 우리는 함께 또 한참을 울었다.

언니가 시집간 후, 이웃 동네를 통해 이런저런 소문이 들려왔다.

"얌전한 며느리라지, 거기다 세상에 없는 혼수까지."

그 후에도 가끔씩 언니의 시집에서 반가운 소식이 이어져 부모님들은 매번 기뻐하셨다. 하지만 어머니는 아픈 몸으로 그렇게 그렇게 사셨다. 내가 장성하여 결혼한 후, 6.25가 가져다준 불행을 가슴에 안은 채 세상을 떠나셨다. 그때 나는 언니 품에 안겨 또 울었다. 나도 어른이 되었지만, 언니의 품은 여전히 따뜻하고 포근했다.

착한 내 언니.

어머니

　마트에서 나오는데 길옆에 카네이션이 담긴 화분이 즐비하다. 생각해 보니 오늘이 바로 어버이날, 그러니까 꽃 장사들이 길거리로 나온 것이다. 어제저녁 눈에 넣어도 아프지 않을 손녀로부터 꽃 선물을 받았고 부모님이 돌아가신 지도 수십 년이 되었으니 꽃 사는 데는 관심이 없다. 몇 걸음을 놓았을까, 저 앞쪽에서 머리는 백발이고 허리가 반으로 접힌 할머니가 가슴에 빨간 카네이션을 달고 온다. 양쪽에서 중년쯤 되어 보이는 남녀가 부축을 하는데도 할머니의 걸음 모습이 무척 힘들어 보인다. 양옆에는 자녀들인 것 같고 어버이날을 맞아 식사를 하기 위해 시내로 걸음을 한 것이 분명하다. 그만 가슴이 쿵 하면서 허리 굽은 할머니의 모습에 시선이 머물렀다. 금세 핑 도는 눈물을 어찌할 수가 없었다. 고개를 떨구고는 걸음을 멈추면서 손을 가슴에 얹고는 눈을 감았다.

　내 친정어머니 모습과 똑 닮았기 때문이다. 83세에 돌아가셨지만, 50대 후반에 들어서면서 허리가 직각으로 굽으셨다. 환갑도 되기 전에 중풍 후유증으로 수년 동안 병석에 계셨던 아버지 병시중을 하셨다. 논밭

일을 하여 4남매를 키우셨기에 동네에서 부지런하기로 소문이 나 있었다. 자녀 교육에 관심이 많으셨고 밤을 낮 삼아 일하셔서 우리를 도시에 있는 학교로 진학시켜 주셨다. 방학 때 우리가 집에 오면 더욱 바쁘셨다. 아침에 일어나 보면 으레 색다른 음식이 만들어져 있었고 그것은 꼭 우리만 먹곤 했다. 어머니는 만들면서 많이 드셨다고 하셨다. 그 시절에는 음식이 귀했고 제삿날이나 손님이 올 때만 해 먹었다. 방학이 끝나 도시로 갈 때면 또 여러 가지 간식과 음식을 싸 주시고 아버지는 기차역까지 배웅해 주시었다.

"잘 가고 편지 자주 하거라."

하시던 아버지, 내가 고등학교를 입학하면서 병이 나셨고 졸업하기 전에 돌아가셨다. 어머니의 고된 노동은 그때부터 더욱 심해져서 결국 허리가 완전히 굽고 말았다. 십 리가 되는 오일장에 갈 때 얼마를 걸어가시다가 허리를 꼿꼿이 세우고는 '우유 후' 하시면서 긴 한숨을 내쉬셨다. 그렇다고 병원 치료를 받는다는 건 그 시절에 엄두도 못 내는 형편이었다. 안타까운 마음은 지금도 여전하여 등이 굽은 어른만 보면 문득문득 어머니 생각이 난다. 이제는 내가 나이가 들고 허리가 많이 아프다. 그러다 보니 병원 치료 한번 받아 보지 못하고 고생만 하다가 돌아가신 어머니께 죄스러운 마음조차 든다.

내 유년 때는 동네 누구네 할 것 없이 3대가 함께 살았다. 보통 육칠 남매, 아니면 열두 명의 자녀가 있는 집도 있었다. 그때도 어머니날은 있었다. 그렇다고 어머니 가슴에 꽃을 달아드리거나 선물을 드린 적이 없었다. 청년기 그러니까 직장에 다니면서도 식사 대접은 꿈에도 생각한 적이 없다. 다만 초등학교 다닐 때 〈어머니 은혜〉를 목청껏 부르는 것이 최고였지만 나는 어머니 앞에서 노래조차도 불러드리지 않았다. 물론 우리 사 남매가 다 그랬다. 보릿고개를 힘겹게 넘기던 시절, 앞치마를 두른 어머니의 허리는 잘록하여 항상 배가 등에 붙은 모습이었다. 그래도 '나는 배가 부르다'라고 하시면 꼭 그런 줄 알았다. 그때가 육십 년대 후반, 오월이 되어도 꽃을 파는 곳이 없었고 특별한 행사도 없었다. 그렇게 살다가 시골 대가족이 있는 집의 맏며느리로 시집을 갔다. 시부모님을 비롯하여 시누이, 시동생들, 일꾼 아저씨, 대가족의 살림을 건사했다. 그러느라 눈코 뜰 새 없는 나날이 나를 얼마나 힘들게 하였던지…. 그때마다 떠오르는 어머니의 환한 얼굴이었다. 시집 오던 날 말없이 내 등을 다독이셨는데 돌아서셔서 많이 우셨다는 소식을 들었다. 지칠 때마다 어머니의 모습으로 달랠 수 있었고 다시 힘을 내어 시댁의 대소사를 여러 번 치르면서 잘 견디며 살았다. 시집오던 해의 일이 생각난다. 봄에 결혼했고 가을일 끝내면서 친정 나들이를 가야 하는데 어머니께 무엇인가를 가져가고 싶었다. 즉 선물, 그러나 내 마음을 시댁 누구도 알 리가 없다. 생각 끝에 내가 해 온 혼수를 다 뒤져 보았다. 마침 빨간색 속내의 한 벌을 발견하였다. 그 당시에는 직장에서 첫 월급을 타서 어머니 빨간색 속옷을 사 드리면 어머니가 건강히 사신다는 속설이 있을 때였다. 옳거니, 혼수로 해 온 것이지만 어머니께 드리는데 무엇이 아깝겠는가.

가을걷이 마치면 시집간 딸이 올 것이라고 매일 기다리셨다고 했다. 얼른 보따리에서 가지고 온 속옷을 어머니 앞에 내놓으며
"어머니 선물 받으세요. 겨울에 따뜻하게 입으세요."
하자 어머니는 함박웃음을 지으시며
"어떻게 이런 걸 준비했니?"
하셨다. 그 모습을 보고는 '내가 참 잘했다. 처음으로 효도했구나.' 생각하며 어머니처럼 환하게 웃었다.
그 후 친정에 갈 때마다 큰 선물은 아니지만 아주 작은 것이라도 꼭 장만하여 가지고 갔다. 물론 그 시절은 모든 게 귀한 때라 어머니는 내가 가지고 가는 것들을 아주 요긴하게 잘 쓰셨고 흐뭇해하셨다.

춘하추동 세월은 머물지 않았고 바쁜 일상은 빠르게 지났다. 거짓말처럼 어느새 나는 노년이 되어 있다. 자녀들도 머리가 희끗희끗 중년이 되어 간다. 어머니 가신 지 몇 해던가. 엊그제는 내 자녀들과 식당에 가서 융숭한 대접을 받았으니 감사하고 고맙다. 이럴 때면 꼭 어머니가 그립다.

이흥렬 선생님은 동경에서 음악 공부를 마치고 제일 먼저 작곡한 노래가 〈어머니 마음〉이라고 한다. 어머니 앞에서는 불러 보지 못했지만 나이 들어서는 혼자 자주 부른다. 작년 오월에 어머니 산소에 카네이션을 심었다. 그리고 일어서자 갑자기 눈물이 주르르 흐르는데 〈어머니 마음〉을 부를 수가 없었다. 어머니의 모습, 그 자체가 살아있는 가르침이었고 교육이었다. 인간을 만드는 스승이 바로 어머니 사랑이었고, 그것은 끝없는 위대함을 가진다. 나이가 들면 더욱 생각나는 이름 어머니, 지금도 그립다.

나도 어머니가 돌아가신 때의 나이가 가까우니 앞으로 얼마나 어머니 산소를 다닐 수 있을까 하는 생각이 든다.

주연도

초등학교 입학을 마친 아이들이 무리를 지어 학교에 가고 오고, 행인들의 옷차림도 날로 가벼워졌다. 옛날 우리 때는 학교에 입학하면 왼쪽 가슴에 커다란 이름표와 손수건을 달았다. 머리가 부스스한 채 코 흘리며 다니는 애들이 많았다. 지금은 어디 그런가. 아이들이 키도 크고 깔끔한 외모에 머리에는 무스까지 발라 반질반질한 모습을 흔히 볼 수 있다.

저녁 설거지를 마치고 시내에 나갔다. 어둠이 내렸지만, 가로등이 없어도 즐비하게 들어선 상점에서 비추는 불빛으로 환하다. 내일 막내가 소풍을 가는데 김밥 재료를 낮에 다 샀지만 글쎄 잊어버리기를 잘하는지라 단무지를 안 샀기에 마트에 가는 중이었다. 그런데 바로 내 앞에 일 학년이 된 듯한 한 아이가 보였다.

'아니 저 아이는 아직 집에 안 들어간 차림인데….'

여덟 살쯤 되어 보이고 키가 작은 아이, 책가방을 메고 신발주머니를 든 채 땅바닥만 쳐다보며 천천히 휘적휘적 걸어가고 있다. 이 시간이면 집에서 TV를 시청하거나, 아니면 엄마 아빠랑 재미있는 시간을 보낼 텐데, 참 이상하다 싶어 아이에게로 가까이 다가가 살며시 손을 잡으며

"아가, 너 지금 어디 가니? 집에 가니?"

하자, 화들짝 놀란 아이는 대답도 안 하고 잡힌 손을 빼려고 했다.

"왜 아직 집에 안 가고 이렇게 시내에 있어? 엄마가 기다리겠네. 어디가 집이야?"

묻지만 고개를 수그리고는 영 대답을 안 했다.

"아줌마가 집에 데려다줄게. 아가 택시 타자 응?"

그러자 잡았던 손을 뿌리치면서 고개를 좌우로 젓는다. 싫다는 뜻인가 하여

"혹시 너 엄마가 없니?"

아픈 질문을 서슴없이 한 후 쪼그리고 앉아 아이를 보듬어 안아 보았다. 그랬더니 무슨 말인가를 중얼중얼하는데 사람들도 많고 차도 계속 지나다녀 아이의 말소리를 들을 수가 없었다. 큰 소리로 말을 하라고 거듭 다그쳤다.

"어어, 엄마가요…."

"그래 엄마가, 그다음 계속 말해 봐."

그러나 중얼거리는 말을 도저히 알아들을 수가 없었다. 하는 수 없이

"아가, 우리 집이 여기에서 가까운데 잠시 가겠니?"

하고 물었다. 아이의 집 전화번호를 알아내 연락하고 싶어서였다. 아

이 손을 잡고 급히 마트로 들어가 단무지를 산 다음 집으로 향했다. 아이는 잘 따라왔고 집에 오자 서슴없이 현관에서 신을 팽개쳐 벗고는 거실로 들어섰다. 신발에서 모래가 한 움큼씩 쏟아져 나왔다. 아마도 놀이터에서 놀았나 보다.

얼른 아이의 가방을 조사하려다가 조금 놀랐다. 신발과 가방이 모두 메이커, 우리 아이들은 근처에도 못 가 본 비싼 물건들이다. 이런 부잣집 아이가 왜 이 저녁까지 방황하는가? 의심이 일기 시작했다. 요즘 젊은 엄마들은 자녀들이 학교에서 집에 올 시간이 지나면 학교와 학원으로 연락하며 야단인데 정말 엄마가 없기라도 한 건가? 의아한 생각이 자꾸만 들었다. 가방에서 나온 필통, 교과서, 공책을 살피면서 학교와 이름을 발견했다. 'ㅎ' 초등학교 일 학년, 이름 '주연도.' 공책에는 정확히 알아보도록 쓴 글자는 없고 줄긋기, 낙서뿐이었다. 요즘 예닐곱 살이 되면 엄마의 극성으로 학교 입학 전에 한글을 거의 아는 데 정말 이상했다. 혹 결손가정일까? 이런 생각으로 연도의 환경을 추측하는데 연도는 아랑곳없다. 우리 집 안방과 거실, 건넛방을 두루 다니다가 거침없이 피아노 뚜껑을 열고는 건반을 딩딩딩 눌러대기도 했다.

산만하고 어렴성도 없고 묻는 말에도 집중이 안 되는 연도. 누구의 보호도 없이 살고, 딴전 피우기를 잘하는 방치된 아이였다. 목욕탕으로 데리고 가서 손과 발, 얼굴을 씻기자 진한 땟물이 흐르고 걷어 올린 바지에서는 모래가 우수루루 쏟아졌다. 식탁 앞에 앉자마자 수저를 들고는 달걀부침과 밥을 정신없이 퍼먹는 모습, 요즘에도 이런 아이가 있는가 싶었다. 참 딱한 아이이다. 학교로 연락하여 담임과 통화를 할 수 있었다. 가정 환경인 즉, 아빠는 삼십 대 중반이며 엄마는 서비스업에 종사하였고 그동안 할머니의 보살핌으로 살았다. 지금은 할머니가 편찮으셔서 아빠랑 둘이 산다고 했다. 입학한 지 얼마 안 되지만, 가출을 잘하는 아이라고 말하면서 아빠에게 곧 연락하겠다며 전화를 끊었다. 내 추측이 조금은 맞았다.

배불리 먹고 씻은 연도는 내가 담임선생님과 통화하는 동안 꾸벅꾸벅 졸고 있었다. 학교 마치고 놀이터에서 늦게까지 봄바람과 황사에 시달려 피곤한 모양이었다.

'딱한 것, 어찌 이런 환경에 태어났는가.'

연도를 안아 편하게 눕히고 몇 번 토닥토닥하니 스르르 잠에 빠졌다. 곤히 잠든 모습이 애처롭다. 속눈썹이 길고 하얀 피부, 가느다란 손가락을 가진 연도, 머리를 살그머니 쓸어 주었다. 작은 담요를 덮어주며 다독이니 동그랗고 볼그레한 볼이 더욱 예뻐 보였다. 이런 어린 것을 떼어놓고 연도 엄마는 눈에 무엇이 보일까. 앞으로 연도는 지금 처한 환경을 어떻게 이겨 나갈 것인가. 어른들의 잘못으로….

한참이 지났다. 담임선생님의 전화가 왔다. 몇 번째 전화했는데 연도 아빠와 통화가 안 되니 이를 어쩌면 좋으냐고 하며 다시 연락하겠다고 했다. 나는 그럴 것 없이 오늘은 시간이 많이 지났으니 아예 우리 집에서 재우고 내일 학교로 보내면 어떻겠느냐고 하였다. 그래서 연도는 우리 집에서 1박을 했다.

이튿날 아침, 학교 갈 시간이 되도록 깊은 잠에 빠졌다. 남의 집에 와서도 잘도 자는 연도는 일어나자마자 김밥을 아주 잘 먹었다. 학교에 가야 하는데 영 내키지 않는지 주저주저했다.

"연도야 오늘 학교에 잘 가고 학교 끝나면 집으로 곧 가야 해. 아빠 말씀 잘 듣고. 혹시 아줌마가 보고 싶으면 아빠께 말씀드리고 언제든지 와. 알겠지?"

등을 몇 번이나 어루만지면서 손을 잡고 대문을 나가 큰길까지 바래다주니 연도의 발걸음은 무겁게만 보였다. 온종일 연도가 마음에서 떠나지 않아 건성으로 집안일하며 어찌 도울 방법이 없을까 생각했다.

며칠이 지난 오후, 갑작스러운 지인의 방문을 받았다. 둘이 앉아 다과를 들며 이런저런 얘기를 두어 시간 했을까. 저녁때가 되어 학교에 간 막내가 큰소리로 나를 부르며 들어왔다.

"엄마, 연도 연도가 또 왔어요."

하는 게 아닌가. 그러면서 연도의 손을 잡고 마당을 지나 현관에 들어왔다. 지금까지 이야기 나누고 있던 지인이

"아니 저 아이는 아까 내가 들어올 때 대문에서 기웃기웃했는데요. 난 이웃에 사는 아이인 줄 알고 그냥 나만 들어 왔지. 형님 집에 온 아이였

군요. 이때까지 대문 밖에서 혼자 있었겠네.”

했다. 대문 밖에서 두어 시간을 서성였다니

“어휴 참 연도야 왜 그랬어! 그냥 들어오지.”

반갑기도 했지만 측은하기도 하여 얼른 품에 안았다. 그리고 따뜻한 물로 손과 발 얼굴을 깨끗하게 씻기었다. 그런데 이게 웬일인가. 손목 정강이 할 것 없이 군데군데 검은 먹이 있다. 다시 바지를 허벅지까지 올리고 또 윗옷을 벗기고 몸을 살펴보다가 깜짝 놀랐다. 이럴 수가…. 그러니까 몸 전체 몇몇 곳에 멍이 들어 있는 거였다.

“아니 연도야, 이게 뭐야? 몸이 왜 이래? 누가, 누가 너를 이렇게 때렸어! 응?”

아무 대답 없는 연도에게 누가 그랬느냐고 거듭 물었다. 그랬더니 모 깃소리만 하게

“아, 아빠가….”

“뭐? 아빠? 정말 아빠가? 나쁜 놈.”

나도 모르는 사이에 내뱉어진 거친 소리, 어찌하여 어린 것 어디가 때 릴 데가 있다고, 집에 엄마가 없어서 방황한 것이 어린 것의 죄인가? 씻 기기를 다하고 저녁을 먹이고 다시 담임선생님께 전화하였다. 그러자 선생님은

“연도가 좋으신 분을 만나서 다행입니다. 제가 어제 연도 아빠를 만나 서 자세한 얘기를 나눴고요. 앞으로 연도에게 좋은 아빠가 되겠다고 약

속했습니다."

선생님의 말을 듣고 조금 마음이 놓였다.

연도 아빠가 우리 집 앞으로 오기로 약속한 후 한동안 기다렸다. 연도를 데리고 밖으로 나가려고 손을 잡으니 냅다 손을 뿌리치며 울기 시작이다. 일으켜도 안 되고 달래도 소용없다. 어찌할 수가 없어 계속 지켜보는데 연도 아빠로 보이는 젊은이가 마침 집 안으로 쑥 들어오면서 허리를 반으로 접고는 인사를 했다. 그러더니 울고 있는 연도를 얼른 가슴에 안고는 등을 쓰다듬었다. 울음이 뚝 그치면서 아빠의 어깨 너머로 나를 바라보는 연도의 눈에 눈물이 그렁그렁하다. 고마웠다고 거푸 인사하는 연도 아빠, 얼굴에 진지함이 묻어 있다. 아픈 마음으로 가슴을 쓸면서

'연도 아빠! 선생님과 한 약속 꼭 지켜 주세요.'

간절히 빌었다.

긴 우정(友情)

　싱그러운 아침 공기를 마음껏 마시며 친구의 손을 꼭 잡고 십 리 길을 걸어 학교에 갔다. 가다가 목이 마르면 길 가 논두렁 옆에 있는 샘에서 손으로 물을 떠 꿀꺽꿀꺽 마셨다. 학교에 가다가 서로 책보(교과서와 필통을 묶은 보따리)를 들어다 주고, 점심 대용으로 엄마가 싸 주신 누룽지는 반씩 나누어 등굣길에 다 먹었다. 집에 오는 길이면 으레 신작로 옆에 앉아 공기놀이를 하였다. 하다가 눈에 먼지가 들어가면 친구는 제 입을 내 눈에 갖다 대고는 '훅 훅' 불어주느라 애를 썼다.

　여름철에 몹시도 더운 날 동네를 가로지르는 냇물에서 놀다가 고운 모래로 이를 닦고는 친구에게 이를 보여 주면서 깨끗이 닦였는가를 확인하면

"정말 네 이빨이 반들반들 윤이 난다."

하고

"너도 그래."

하면서 얼굴을 맞대고는 까르르 까르르 웃던 나와 내 친구. 그때처럼

친구가 좋은 적이 없었다.

　연세가 많지도 않았던 친구의 어머니는 평소에 천식이 있어 고생하셨다. 그러다가 하늘나라로 가시는 바람에 친구는 일찍부터 가족을 건사하게 되었다. 보리방아를 집에서 찧어야 했고 빨래는 냇물에 가서 하며 집안 살림을 하니 어찌 밖에 나와 친구들과 보낼 시간이 있겠는가. 나는 같이 놀 친구가 없어서 친구 집 대문 앞에서 우두커니 바라만 보다가 친구의 아버지한테 종종 들켰는데

"너 빨리 집으로 돌아가지 못하느냐."

　호통에 발길을 돌리면서 그때마다 친구의 아버지를 미워했다. 그렇게 어두운 유년을 지내다가 스무 살도 채 되기도 전에 성급한 소문이 돌았다. 아 이럴 수가…. 동네 사람의 중매가 있어 친구는 결혼한다고 했다. 이웃 어른들의 말에 의하면 딸을 고생시키는 것이 너무 안쓰러워 친구의 아버지가 허락했다고 하니 어쩐단 말인가. 이제는 일하는 모습도 바라보지 못하게 되었다.

　결혼식 날 친구 집에 가지 않았다. 친구 아버지가 싫었고 결혼식에 모여든 동네 사람들 죄다 보기가 싫었다. 꽃다발을 앞에 단 신랑, 신부를 태운 차가 동네를 빠져나갈 때 방으로 뛰어 들어가 이불을 쓰고는 소리를 죽이며 펑펑 울었다.

십년지기 舊友(구우)라도 오랫동안 소식이 끊기거나 만나지를 못하면 우정은 소원해진다. 그리고 자기 일에 심취해 살다 보면 아름답던 일도 추억이 되고 만다. 계절이 연이어 바뀌고 세월이 가는 동안 몇 년이 지났다. 나이가 들어 나도 고향에서 조금 떨어진, 친구와 비슷한 환경의 시골집으로 시집을 갔다. 시부모와 시누이, 시동생 여러 가족을 뒷바라지하느라 눈코 뜰 새 없었고 사는 동안 강산이 여러 번 바뀌었다.

어느 날 청첩장이 날라왔다. 친구였다. 눈물이 핑 돌았다. 소매 끝으로 눈가를 훔치고는 자세히 보니 첫 딸의 결혼식을 알려 왔다. 만사를 제치고 가리라. 한복을 곱게 차려입고 예식장에 가서는 바쁜 친구를 찾아 굳이 인사할 필요없이, 식장 안으로 들어가 가족석인 앞자리 맨 끝에 앉았다. 예식이 진행되는 동안 친구의 얼굴을 주시했다. 딸의 결혼식이니 최고의 치장을 했겠지만, 시골에서의 고된 노동의 흔적이 조금은 있다. 어쩌다 눈이 마주쳤다. 몹시도 당황하는 내 친구. 시선이 고정되었고 친구는 갑자기 손수건으로 눈가를 눌렀고 나는 그만 고개를 떨구었다. 그 후, 두 가정에 大小事(대소사)가 있을 때마다 몸으로 마음으로 서로 도왔는데 그때처럼 친구가 좋은 적이 없었다.

初老(초로)로 들어서면서 우리 둘은 해외여행을 다니기 시작했다. 그런데 재작년 코로나로 인하여 지금은 중단 중이다. 나이가 더 들면 국외

먼 여행은 어려우니 자주 다니자고 굳게 약속했건만 못 다닌 지 이 년이 지났다. 여행을 몹시도 좋아하는 친구와 해외는 아니어도 코로나를 피하여 국내 여러 곳을 다니고 있다. 지난봄 제주도 어느 호텔에서 있었던 일이다. 아침에 일어나 화장실을 다녀 나오니 친구가 들어가는 것이다. 근데 들어가자마자 볼 일도 안 보고 변기 물을 내리는 소리가 들렸다. 아차 실수했구나. 내가 큰일을 보고는 변기 물을 안 내린 게 생각났다. 어찌나 미안한지, 한참 있다가 화장실에서 나온 친구의 눈치를 살피는데 아무렇지도 않다. 그 순간 어느 책에서 읽은 '마음 놓이는 친구가 없는 것같이 불행한 일은 없다.'라는 글귀가 생각났는데 그때처럼 친구가 좋은 적이 없었다.

저녁이면 밤 가는 줄 모르고 수다를 떨었다. 즐거웠던 이야기뿐 아니라 어느새 우리가 늙어 버린 이야기, 자식 이야기 그런 것들이다. 들어도 들어도 재미난 인생 일기, 어찌 희희낙락한 길만 있었을까. 희로애락이 인생 아닌가. 두 노년은 고통과 시련의 삶도 있었기에 교과서와 같은 말을 나눌 수가 있었다.

셰익스피어는 한 친구에게 마음을 다 바치는 백여 편이 넘는 시를 쓰기도 했다고 한다. 우리가 나이가 들면 자녀들은 독립하고 주변은 적막강산이다. 이럴 때 여러 번 박은 못이 견고하듯, 유년 때부터 정을 나눈 친구가 있음에 감사한다.

　며칠 있으면 삼 박 사 일의 제주도 여행을 또 간다. 올 초겨울에 친구
는 가족여행으로 다녀온 곳이다. 친구의 남편은 영 못마땅하며,
　"아니, 얼마 전에 갔던 곳을 또 가나?"
　했다는데 이에 친구는
　"여행은 가는 곳도 중요하지만, 누구랑 가느냐가 더 중요하거든."
　하면서 은근히 노년에 친한 친구가 있음을 자랑했다고 한다.

　지금처럼 친구가 좋은 적이 없다.

노을빛이 아름다워

　농한기인 요즘은 아침 식사가 아홉 시쯤이다. 바쁜 일이 없으니 늦게까지 이불 속에서 게으름 피우다가 일어나면 곧바로 TV를 켜고 슬슬 식사 준비를 한다. 그런데 오늘은 검정 교복에 흰 칼라인, 우리가 중학교에 다닐 때 입었던 교복을 입은 이들이 서너 명 나왔다. 머리가 죄다 허옇고 꼭 나 같은 중노인네들이다. 얼른 밥상을 차려 들고는 TV 앞에 바짝 다가가 앉았다. 초등학교를 못 다녔거나 중학교 진학을 못 하여 배움의 기회를 놓친 이들, 나이가 든 지금 공부하여 상급 학교로 진학하거나 한글을 배우는 늦깎이 만학도들이다. 그들 모두가 보름달 같은 환한 얼굴에 미소와 희망이 가득했으며 삶의 보람을 느낀다고 했다.

　수십 년 전, 내가 초등학교에 입학하고 십 리 길을 걸어서 통학할 때였다. 신작로에는 자갈이 깔리어져 있었고 차가 지나면 뿌연 먼지가 일었다. 다행인 것은 차가 자주 다니지 않았던 시절이라 집에 가는 동안 한두 대의 차가 지났다는 것이다. 그러면 으레 먼지를 피하여 신작로에서 저만치 도망갔다가 돌아오곤 하였다.

그때 내 나이 아홉 살, 건넛마을엔 나보다 한 살 위인 옥이 언니가 살았다. 그는 학교에 가지 않았으며 동생이 셋이 있었는데 그중에 막냇동생을 매일 업고 다녔다. 아침 학교에 갈 때 마주치면, 웃는 얼굴로

"잘 갔다 와."

하고는 오랫동안 내 뒤를 쳐다보았다. 그런데 그 언니는 저녁이면 우리 집에 자주 마실을 왔다. 그러고는 나에게 학교에서 무얼 배웠느냐고 묻곤 했다. 그러면 나는 책을 펴면서

"응 언니야 이건 국어책인데."

하면서 '어머니, 어머니, 우리 어머니' 하고 읽어 주었다. '아가, 아가, 우리 아가' 하면 언니는 곧잘 따라서 했다. 물론 산수도 내가 배운 대로 알려 주면 아주 재미있다고 하며 밤 가는 줄 몰랐다.

그러기를 얼마나 했을까? 낮에는 동생 돌보며 집안일하고 밤에는 어설픈 공부, 참 어려운 환경이었다. 그래도 어린 나이에 항상 밝은 성격이었고 잘도 견디었다. 그렇게 잘 오던 언니의 밤마실이 언제부터인가 뚝 끊겼다. 공부도 재미있어했지만 둘이서 수다 떠는 것도 무척 좋아했기에 기다림이 길게 느껴졌다. 혹 언니가 무슨 일이 있는가, 하는 생각도 있어 궁금하던 차에 언니가 나타났다. 그러면서 흥분된 목소리로

"나도 학교 다니게 됐어. 읍내에 있는 초등학교는 아니고 우리 동네 옆에 있는 강습소야."

하는데 얼굴이 많이 상기되어 있었다.

　우리나라의 1960년대는 어려운 시대였다. 그때는 초등학교를 못 가는 아동들이 많았다. 중학교는 동네에서 일 년에 한두 명, 고등학교는 몇 년에 한두 명 진학했으며, 대학은 더 말할 것도 없었다. 그때는 초등학교에도 월사금이라 하는 수업료가 있었다. 보릿고개를 넘기기 어렵던 시절이어서 자녀들의 진학이 쉽게 결정되지 않았다. 마침 그때, 우리 마을 옆 동네에 조 선생이란 분이 있었다. 그 당시 미취학 아동들이 많은 것을 보고 강습소를 세운 것이다. 그 강습소에도 아주 적은 회비가 있었지만, 일 년에 벼 한 말 정도로 읍내에 있는 학교에 비하면 거의 무료나 다름없었다. 언니네 아빠는 쾌히 허락하였고 이 기쁜 소식을 나에게 전하며 뛸 듯이 기뻐했다.

　강습소는 보통 3년 과정으로 정식 교육과정으로 인정되지는 않았지만, 졸업하면 읍내에 있는 초등학교 4학년으로 편입할 수 있는 기회가 주어졌다. 물론 가정 형편에 따라 강습소를 마치고 집에서 농사일을 하거나 도시로 나가는 경우도 있었다. 다행인 것은 언니가 초등학교를 다니게 되었다는 것이다. 나이는 나보다 한 살 많았지만 같은 학년으로 다니게 되어 여간 좋은 게 아니었다.

매일 손잡고 학교를 오가는 데 산수와 국어 실력이 뛰어났으며 말하는 것도 수준이 꽤 높았다. 그래서 하루는

"언니야, 언니는 꼭 중학교 다니는 것 같아. 아는 게 많아."

하자 빙그레 웃고는

"사실은 저녁에 책을 읽어."

하는 것이었다. 책이라니, 깜짝 놀랐다. 학교에서 오면 나는 그냥 놀기만 하는데 책을 읽는다고 하기에 다짜고짜 국어책이냐고 물었다. 그러자 언니는 그게 아니라 자기 엄마가 빌려온 책 '콩쥐팥쥐'를 몇 번째 읽었다며 내용을 자세히 얘기하다가

"너도 빌려줄 테니 읽어 보아."

하는 게 아닌가. 그 후, 언니 덕분에 몇 권의 책을 읽을 수 있었고 우리의 우정은 깊어만 갔다. 동네와 학교에서 항상 둘이 붙어 다녔고 나에게는 언니가 하늘 같이만 보였다. 그러다가 초등학교를 졸업하면서 헤어지게 되었다.

나이가 들어도 고향을 잊는 사람은 없다. 보고 싶고 가고 싶은 내 고향, 자녀들이 다 출가하여 집안이 조용한 날 가끔 고향을 들르곤 했다. 세대가 바뀌었으니 어찌 아는 사람이 있을까. 어렸을 적에 다니던 고샅은 승용차가 씽씽 달리도록 넓은 길이 되었다. 옥이 언니가 보고 싶어 간간이 동네 사람들에게 소식을 묻곤 했다.

　중학교를 진학하지 못한 채 고향을 떠난 언니는 직장에서 일하며 공부하여 검정고시를 거쳐 중 고등을 마쳤다고 한다. 그 후 방송통신대학을 졸업하면서 S대 도서관에서 재직하다가 몇 년 전에 퇴직했다고 한다. 그 소식이 얼마나 반가운지, 유년 때 강습소에 입학하고 기뻐하던 해맑은 모습이 떠올랐다.

　얼마 후, 동창 모임에서 언니를 만났다. 언니는 대뜸
　"어렸을 적 밤마실을 가서 너에게 '어머니, 어머니, 우리 어머니'를 배웠는데 너도 나도 머리가 반백이구나."
　하면서 둘은 얼싸안았는데 코끝이 찡하고 눈물이 핑 돌았다. 언니의 얼굴을 보니 나이가 전혀 들어 보이지 않는 아주 투명한 모습이다. 옛 모습 그대로다. 유년 때의 성품이 평생이었음을 얼굴은 말하고 있었다.

　교과서와 같은 사람, 이제 노을이 질 때까지 동행할 수 있다. 유년 때 막냇동생을 업고 석양빛을 받으며 함께 거닐던 고향마을, 냇둑에 키 큰 미루나무가 줄지어 서 있던 생각이 난다. 아름다운 추억을 나누며 고향 길을 걷고 싶다.

시인이 되신 형님

　유난히도 부끄러움을 많이 타시는 형님, 오늘도 숙제를 다 했는데 맨 나중에야 공책을 가지고 나오셨다. 매일 내는 숙제는 아니고 요즘처럼 일이 허름한 겨울철에야 마음 놓고 많은 양의 쓰기 연습 숙제를 내는 거다. 우리 반의 학생들은 여덟 명의 어르신이시다. 나보다 적게는 한 살, 많게는 열서너 살 위인 형님들이시다. 그러니까 육십에서 팔십의 나이인 어르신들이 한글 공부를 한다.

　벌써 사오 년을 넘기는 동안 웬만한 긴 문장은 천천히 읽을 수 있다. 내가 문해교사가 되면서 일 년을 넘긴 어느 날이었다. 나보다 한 살 위인 유순 형님이 쉬는 시간에 살며시 나에게 다가오는데 꼭 할 말이 있는 얼굴빛이었다.

　"형님 무슨 하실 말씀이 있으세요?"

　하고 물으니 수줍은 듯 잠시 머뭇거리다가,

　"선생님, 저는요 시가 쓰고 싶어요. 그런데 한글이 서툴러 안 되겠지요?"

하는 게 아닌가. 그러면서 이어지는 말씀이, 무엇이든지 다 글로 쓰고 싶은 마음이 가슴에 꽉 차 있다는 것이다. 아직 한글 해독은 미흡하나 형님의 마음이 참으로 훌륭하다고 생각했다. 형님 손을 잡으며,

"형님, 참 좋은 생각을 가지셨네요. 하고 싶은 일은 하시면 되지요. 받침이 조금 틀리면 어때요. 얼마든지 시를 쓰실 수 있어요."

라고 답을 하였다. 그리고는 다음날부터 일기를 써 오라고 당부했다. 처음 몇 주일은 하루에 한 줄씩 한 일 쓰기를 강조했다. 그러다가 두 줄씩 늘리면서 간단히 생각한 일을 덧붙이기도 하였다. 그다음에는 조금씩 더 쓰기를 권하였다. 그러나 일기를 꼬박꼬박 쓴다는 건 어려운 일이었다. 문장 만드는 것과 띄어쓰기, 받침이 엉망이었다.

몇 달이 지나는 동안 한 주간에 두 번, 아니면 세 번을 써 오곤 했다. 물론 받침이 없이 소리가 나는 대로 쓰는 글자이지만 날이 갈수록 내용이 좋아졌다. 그러면서 이상하게도 감성적인 문장이 가끔 오르내리는 거였다. 예를 들면 '지난밤에는 봄이 오는 소리에 귀가 간지러워 잠이 오지 않았다'든지 '해님이 내 방에 놀러 왔다'라고 쓰는 거다. 이게 바로 시가 아닌가. 전부터 형님 가슴에 꽉 차 있는 아름다운 표현들이 조금씩 조금씩 풀려나오고 있었다. 이렇게 한 줄의 시를 매주 써 올 때마다 우리 반 형님들이 다 들도록 큰소리로 낭독하곤 했다. 여러 번의 낭독이 끝날 때마다 박수가 나왔는데 어느 날이었다. 반에서 제일로 말씀이 없

으시고 나이도 많으시며 공부도 잘하시는 큰 형님이 입을 여시고는,

"저 사람 참으로 아까운 사람이네. 시대를 잘 못 타고나서 그렇지 어찌 나이 든 가슴으로 저런 글을 쓰겠는가."

하시었다. 이 칭찬에 수줍음 많은 유순 형님의 얼굴은 홍당무가 되었다. 나는 그날 이후로 유순 형님을 시인 형님, 다른 형님들은 유순 형님을 유 시인으로 부르게 되었다.

그 후 공부가 끝나면 항상 시인 형님의 기대되는 일기가 검사되었고 목청을 가다듬어 낭독하곤 했다. 그럴 때마다 조금만 일찍 글을 배웠으면 얼마나 주옥같은 글이 많이 나왔을까 하는 마음이 들었다. 형님의 외모는 많이 허물어져 있었다. 작은 체구에 허리는 아무리 펴고 다녀도 구부정한 채 머리는 반백이었다. 얼굴은 주름이 가득하여 나이에 비해 열 살은 위로 보였다. 게다가 집에서는 두 손자 뒷바라지를 하니 얼마나 피곤할까. 그래도 글을 해맑게 쓰는 형님, 한글 배우는 시간이 제일 재미있다며 수줍은 얼굴에 웃음을 늘 잃지 않았다. 글을 배우고서야 손자들과 같이 책도 읽고 이야기도 나눈다며 아는 것이 힘이라는 말에 공감한다고 했다. 나는 그들에게 한글 한 가지를 가르친다. 그러나 긴 삶의 여정 속에 쌓인 연륜을 지닌 형님들 모습에서 생활의 지혜를 배운다.

어느 날 시인 형님은 또 수줍은 얼굴로 내게 다가오면서,

“선생님, 딸네 가족과 바다를 다녀와서 써 본 글이에요.”

하면서 일기장을 내보이는 것이었다. 여느 때보다 길게 쓴 일기, 처음부터 큰 소리로 읽었다.

“바다, 바다는 엄마처럼 마음이 넓습니다. 물고기와 조개들을 품에 안고 파도가 칭얼거려도 다독다독 달랩니다. 바다는 아빠처럼 못 하는 게 없습니다. 붉은 해를 쑥 밀어 올리고 배들과 갈매기들을 두둥실 띄웁니다.”

읽기를 마치자 다른 형님들이 와아, 함성을 지르며 박수를 쳤다. 나는 흥분한 나머지 시인 형님을 꼭 끌어안으며

“이 글 형님이 쓰신 거 맞지요?”

했고, 시인 형님은

“우리 집 애들은 나 한글 배우는 거 아직 몰라요.”

한다. 물론 줄도 바꿔 쓰지 않고 계속 이어 쓴 글이지만 내용이 얼마나 참신한가. 얼른 연필을 들고는 공책에 조금 전에 읽은 ‘바다’를 베껴 쓰는데 일반 시처럼 조금씩 줄을 바꿔 두 연으로 나눠 써 놓고 보니 훌륭한 한 편의 동시가 되었다.

그 후 이 시는 2017년 성인 문해 교육 한마당 시화전에 출품되었고 교육감 수상작이 되었다. 내가 상을 타면 이보다 더 좋을까, 얼마나 기쁜지 나는 내가 쓴 시보다 더 사랑하며 집에서나 길 가다가도 ‘바다’를 애

송하였다.

　시상식 날이었다. 곱게 차려입은 형님, 식장에 가기 전에 연습은 했으나 수줍음이 많으니 어찌 많은 관중 앞에서 시를 낭독할까 염려도 되었다. 그러나 이미 시 낭독 전에 자막으로 '바다'는 나오고 있었다. 상장과 상품, 거기다가 푸짐한 꽃다발까지 한 아름 안고는 자리에 앉기 전에 둘레둘레 누군가를 찾는 형님. 갑자기 나에게로 다가와 냅다 꽃다발을 안기고는

"다 선생님 덕분입니다."

　하는 게 아닌가. 엉겁결에 받아 든 꽃다발, 어안이 벙벙했고 감격했다.

　꿈은 이루어진다. 늘그막에 시인이 되었고 오늘도 일기장을 주옥같은 글로 채워 가는 시인 형님. 요즘같이 파란 쪽빛 가을 하늘을 바라보면 아름다운 글로 꽉 찬 형님의 가슴이 기대된다.

봉천동 101번지

　시내버스 150번, 서울의 북가좌동과 상도동을 왕래한다. 종점인 상도동에서 내려 봉천동을 향해 걸으면 오른쪽에 숭실 약국과 숭실 제과점이 있다. 거기서 몇 걸음을 지나 주택가로 들어서면 한길 옆에 즐비하게 들어선 기와집들과 양옥들이 눈에 띈다. 겉으로만 보아도 으리으리한 큰 부잣집들이다.

　상점이나 자질구레한 조그만 집들은 한 채도 없고, 대부분 이삼 층짜리 주택이거나 산뜻하게 가꾸어진 정원을 낀 단층 주택들이 죽 들어서 있는 부촌이다. 길은 넓고 깨끗하며, 오래된 정원수가 마당을 가득 채우고 있다. 어떤 집들은 잔디가 운동장만큼 깔린 집도 있다. 대문 옆으로 기대고 있는 사철나무는 키가 어찌나 큰지 그림자가 한길까지 길게 나오기도 한다. 또한, 집집마다 시멘트로 만들어진 큼지막한 쓰레기통이 대문 밖에 놓여 있어 새벽이면 쓰레기차가 이를 수거해 간다.

　물론 거리를 지나는 사람들은 있지만, 이웃들이 모여 담소를 나누거나 여름철 더위를 식히러 그늘에 나 앉아 있는 사람들은 볼 수 없다. 담장 위에는 가시철망이 얼기설기 올라가 있는가 하면 유리 조각을 총총 꽂아 둔 집이 대부분이다. 조금은 무섭고 삭막하다. 집 안에 무엇이 있기에 저리도 단단히 방어막을 했을까, 누구도 얼씬 못하도록 말이다.

정돈이 잘 된 주택들에 시선을 주며 걷다 보면 길이 끝나고, 그곳부터는 오르막길이 시작된다. 끙끙대며 한참을 올라 언덕 정상에 서면, 눈앞에 아랫동네가 펼쳐진다. 가난이 한눈에 들어오는 동네, 그 일대를 통틀어 봉천동 101번지라 불렀다. 이 언덕을 경계로 상도동의 부촌과 봉천동의 빈촌이 갈린다.

무허가 주택과 판잣집들이 뒤섞여 어수선한 골목이 얽혀 있고, 언덕 비탈에도 작은 집들이 빼곡히 들어서 있다. 시골에도 이런 가난은 없을 듯하다. 게다가 매일 쓰레기차가 오지 않으니, 길목마다 쌓여 있는 쓰레기 더미는 한여름이면 더위와 악취를 한꺼번에 내뿜는다. 이렇게 상반되는 두 동네를 아침저녁으로 오가며 나는 청년기를 보냈다.

시골에서 태어나 자라며, 십리 길을 통학하여 초등학교와 중학교를 마쳤다. 이후 고등학교에 진학하기 위해 서울로 올라와, 이미 서울에서 고등학교를 다니고 있던 오빠와 함께 부엌도 없는 작은 방 한 칸을 세

얻어 생활하게 되었다. 그때부터 나의 서울살이가 시작되었다. 추녀 밑에서 밥을 짓고 설거지와 빨래를 하며 학업에 열중했다. 부모님의 높은 교육열 덕분인지 오빠는 아버지의 소원대로 S대학교에 합격하여 우리 가족에게 기쁨을 안겨 주었다. 아버지는 즉시 우리 남매를 위한 집을 사 주셨다. 그때 오빠가 택한 곳이 바로 봉천동 101번지의 무허가 주택이었다. 당시는 1968년.

그래도 판잣집은 아니었고 구멍이 숭숭 뚫린 부로크로 지은 붉은색 기와집이었다. 우물도 화장실도, 대문도 없는 십오 평 크기의 작은 집. 부엌이 딸린 방은 오빠와 내가 같이 쓰고, 옆 방은 세를 주었다. 문을 열면 구차한 부엌살림이 한길에서 보여 여름에는 밤에만 살며시 열어 놓곤 하였다.

저녁이 되면 물지게와 물통을 빌려 공동 수돗가로 물을 받으러 갔다. 그곳에서 차례를 기다릴 때면 술 취한 아저씨들이 새치기하기 일쑤였고 잠시라도 한눈을 팔면 물통을 바꿔치기 당하는 일들이 부지기수였다. '학생이 그런 걸 이해해라, 좀 봐 주라.' 하는 어른들의 말에는 당해 낼 재간이 없었다.

그래도 어린 시절 시골에서 농사를 도우며 자랐었기에 물 긷는 일에는 큰 불편이 없었지만, 등하교할 때마다 봉천동에서 상도동으로 가는 고갯길을 넘는 일은 정말 힘들었다. 밤늦도록 공동 수돗가에서 시달리다가 늦잠을 자는 일이 많았고, 유리창으로 들어오는 아침 햇살에 놀라 눈을 뜨고는 아침도 거른 채 도시락만 챙겨 허겁지겁 달려 나가곤 했다. 휘청거리며 언덕을 올라가 상도동 종점을 향하여 내리막길을 달리면 다리는 후들후들하고, 숨은 턱까지 차오르는 일들이 여러 번이었다.

또 다른 심각한 문제가 있었다. 아침마다 눈 뜨면 가야 할 곳, 바로 화장실이 없었던 우리 집이었다. 이웃집으로 가서 볼일을 봐야 했다. 한 번 가기도 힘든 일이었는데, 그 집에 세 들어 사는 사람들이 길게 줄을 서 있는 날엔 두세 번씩 들락거려야 하는 염치 없는 일을 하기가 참으로 고역이었다. 그렇게 몇 달이 지나고, 오빠와 나는 고민 끝에 결국 화장실을 만들기로 했다. 옆 방의 추녀 끝에 큰 항아리를 묻고 나무 판때기로 벽을 만들고 나니 불편함도 해소되고 그제야 사람 사는 것 같았다.

웃지 못할 일도 있었다. 우리 남매는 시골에 계신 아버지와 자주 서신을 주고받았다. 그 일대의 수많은 무허가 주택이 각각 다른 주소를 가지지 않았고 우리 동네 전체를 봉천동 101번지라 불렀으니 어떻게 우체부가 편지를 주민들에게 전달하겠는가. 어느 날 집에서 공부하고 있는데 큰길 쪽에서 누군가가 이름들을 크고 길게 연거푸 부르는 소리가 들

렸다. 뛰어나가 보니 우체부는 편지 묶음을 손에 쥔 채 봉투에 적힌 수
신자의 이름을 몇 번 부르다가 답이 없으면 메고 있던 가방에 다시 넣곤
했다. 나는 우체부에게 우리 집의 위치와 우리 남매의 이름을 알려 주었
고 잘 기억하기를 부탁하였다.

아버지께서 월말마다 보내 주시는 생활비는 금쪽같이 아껴 썼다. 돈
이 오면 먼저 연탄 30장과 버스 승차권 한 달 치를 샀다. 남은 돈은 아주
적은 금액이지만 항상 부모님께 감사의 편지를 드리곤 했다. 가끔 오빠
랑 시내에서 같이 귀가할 때가 있었다. 그때면 버스 종점 골목에서 파는
호떡 두 개를 사서 나눠 먹으며, 우리와는 아무 상관 없는 고급 주택가
를 지나 언덕을 넘어 봉천동 빈촌으로 들어가곤 했다.

저녁이 되어 봉천동으로 향하는 사람들의 모습은 하나같이 비슷했다.
얼굴빛은 어둡고 지쳐 보였으며, 후줄근한 몸으로 언덕을 오르고 내려
터덜터덜 집으로 들어가곤 했다. 골목 모퉁이에 자리한 작은 목로주점
에서는 동그란 전구의 주홍빛 불빛이 새어 나왔고, 삶의 고단함에 젖은
사람들의 웅얼거림이 흘러나왔다. 그곳에서 들려오는 여자의 가냘픈 입
장단은 젊은 나에게 애처롭게 들렸다.

또 한 가지, 몸보다 더 커 보이는 대바구니를 등에 메고 어두운 골목

을 헤집으며 고물을 찾는 고물 장수들은 상도동 주택가보다는 봉천동 빈촌을 맴돌며 삶의 전부를 해결하는 듯했다. 연탄을 한 짐 지고 비탈진 골목으로 비척비척 배달 가는 노파의 걷어 올린 정강이는 왜 그렇게도 깡마른지, 걸음을 옮길 때마다 힘줄이 불끈불끈 솟아오르며 마음을 아프게 했다.

이렇게 이웃들의 삶은 고달프고 힘겨웠으며, 동네의 모습도 헐벗은 듯했다. 그러나 이곳 봉천동 101번지 일대는 전국 각지에서 상경하여 첫발을 딛고, 남부럽지 않게 살려는 꿈을 가지고 사는 이들이 참 많았다. 옆집 아주머니는 우리 남매가 매일마다 염치없이 화장실을 들락거려도 괜찮다 하였고, 전라도가 고향이라 음식을 유난히 잘하던 앞집 젊은 새댁은 우리를 동생 같다며 나물 반찬을 자주 가져다주었다. 시내에서 시계방을 하던 윗집 중년 부부는 학생이었던 우리 남매에게 김치를 종종 가져다주며 많이 칭찬해 주었다. 모두가 그리운 시절이다.

학교를 졸업하고, 직장을 다니고, 결혼하고, 아이들을 낳고, 많은 세월이 흘렀다. 내가 꼭 가 보고 싶은 곳이 있다면 내 청춘이 머무를 때 삶을 가르치던 곳, 봉천동 101번지이다.

친정아버지

"일어나라. 아침 먹어야지."

아버지의 음성을 들으면서 일어난다. 벌써 언니랑 엄마는 아침 밥상을 차리느라 분주하고 게으름이 많은 나는 세수를 하는 둥 마는 둥 하다가 밥상머리에 앉는다. 상을 둘러보면 아버지 밥그릇은 반질반질 윤이 나는 노란색 놋주발인데 흰쌀밥이 고봉이고 어머니를 비롯한 다른 식구들은 모두가 꽁보리밥이다. 따뜻한 방에서 온 식구가 이야기하며 식사하는 시간이 참 행복했다.

아버지는 동네 이장 일을 오랫동안 맡아오셨고 소를 무척 사랑하셨다. 동네일로 읍내에 나가셨다가 저녁 늦게 오실 때가 많았다. 그럴 때마다 외양간 앞에서 성냥불을 그어 소가 잘 누워 자고 있는지 확인하시고 방에 들어가셨다. 겨울이면 짚으로 얇은 멍석을 만들어 소 등에 입혀 주셨다. 햇볕이 좋은 날에는 양지바른 사랑방 앞에 소를 몰고 나오시어 옷을 벗기시고 커다란 솔로 소의 등을 깨끗이 빗겨 주셨다. 농사철이 되어 소가 일을 나가면 항상 쇠죽통을 지게에 지고 다니시면서 소먹이를 거르지 않도록 챙기셨다.

여름철이 되면 우리 집 바깥마당은 동네 아저씨들의 마실 터가 되곤 하였다. 어둠이 깔리고 마당 한 귀퉁이에 마른 짚과 생쑥으로 모깃불이 지펴지면 메케한 냄새가 온 집 안을 진동시켰다. 뙤약볕 속에서 온종일 일하면 몸도 마음도 고단할 텐데 동네 아저씨들은 하얀 달빛 가득 내려앉은 우리 집 마당으로 모여들었다. 그러면 아버지는 손수 만든 덜렁덜렁하고 커다란 부채를 여러 개 내놓으셨다. 그럴 때면 우리 집에서 일하는 일꾼 아저씨는 멍석을 만들고 아버지는 곁에서 짚을 다듬어 주시며 아저씨가 하는 일을 도우셨다.

마당 중앙에 깔아 놓은 멍석에 둘러앉은 동네 아저씨들, 여러 말씀이 오가다가 폭소가 터지면 이웃까지도 울리는 듯했다. 탁탁 부채로 모기를 쫓는 소리, 건넛집에서 컹컹대며 개 짖는 소리가 가끔씩 동네에 들리고, 위에서는 달님이 밤 깊도록 마당을 비춰면 여름밤은 깊어만 갔다.

모깃불이 식을 때쯤이다. 달님도 서쪽으로 가까이 가 있다. 그러면 아저씨들은 천천히 일어나 고샅을 밝히는 달빛을 등으로 받으며 집으로 갔다. 저녁이 되면 또 오고, 여름 내내 이런 저녁이 반복되다가 세월은 팔월 중추를 지나 구월, 시월… 아버지는 동네일과 농사일로 아주 분주하셨다. 가을걷이가 끝나고 나면 보통 동짓달로 들어서 꽤 밤이 길어진다. 개울 물이 얼어붙고 북풍이 몰아치는 눈 쌓이는 밤이 된다. 방 한가운데 질화로가 놓이고 사기 등잔불이 방을 밝힌다. 그러면 또다시 이곳이 겨울철의 동네 마실 터가 되곤 했다.

아버지는 우리 동네에서 유일하게 'ㅈ' 일보 구독자이셨다. 물론 시골 마을에까지 신문이 배달되지는 않았다. 읍내 정유소에서 신문 보급소를 겸하고 있어 내가 학교를 마치고 집으로 올 때 신문을 가지고 와 아버지께 드렸다. 그러면 아버지는 돋보기를 쓰시고는 등잔불 가까이에서 저녁 마실꾼들에게 신문을 읽어 주시는 것이었다.

1960년대에 일어났던 4.19 학생의거와 5.16 쿠데타의 소식이 연일 신문에 크게 보도 되었을 때이다. 그때에는 조금씩 읽다가 설명하시고, 또 읽으시고 재설명을 하셨다. 밖에서는 문고리를 흔드는 한풍이 몰아쳐도 듣지 못한 채 신문 읽으시는 소리에 밤 가는 줄 몰랐다. 마실꾼들의 마음을 사로잡는 것이 또 있었다. 그때는 'ㅈ' 일보에 연재되는 장편 소설이 있었는데 바로 월탄 박종화 님의 '자고 가는 저 구름아'였다. 아버지는 그것까지도 다 읽으셨다. 더구나 임진왜란이 일어나 선조 임금이 의주로 피란을 갈 때는 아버지 음성도 흔들렸고 방 안에 가득 찬 아저씨들도 숨을 죽이곤 했다.

이렇게 온 나라의 소식과 소설까지 듣다가 읍내 지서에서 자정을 알리는 사이렌이 울리고서야 마실꾼들은 자리를 떴다. 눈 섞인 바람을 온몸에 맞으며 집에 갔다가 저녁이면 오고 또 오곤 했다…. 평생 담배 한 대 안 피우시던 아버지셨지만 마실 터인 사랑방과 바깥마당에 연기가 자욱해도 한 말씀 없으셨다.

동네일로 읍내를 자주 왕래하셨다. 항상 무명 바지저고리에 흰 광목 두루마기, 밤색 중절모자 차림이었다. 우리 집에서 읍내까지는 십리 길이었지만 항상 걸어서 다니셨다. 서울에서 유학하던 오빠와 내가 방학이 되어 집에 왔다가 서울로 돌아갈 때, 꼭 배웅을 해 주셨다, 버스를 한 시간 타고 가서 장항선 비둘기호를 탔다. 그러면 기차 안에까지 올라오셔서 짐을 시렁에 올려놓으셨다. 시골 간이역인데도 꼭 입장권을 사시던 아버지.

“서울 가면 꼭 편지하거라.”

하시었다. 새 학기가 되어 수업료 고지서가 나오면 으레 시골 아버지께 보내 드렸다. 그러면 수업료를 내고도 남을 만큼의 돈을 넉넉히 보내 주시어 우리 반에서 제일 먼저 수업료를 납부하게 했다.

학교 수업이 끝나고 자취방에 들어온 어느 날, 청천벽력과 같은 비보가 방문 틈에 꽂혀 있는 게 아닌가.

"부친 위독"

이게 무슨 뜻인가, 사실인지 아닌지를 분간 못 하던 그때의 기억을 나는 생전 잊을 수가 없다. 오빠와 고향집에 돌아와 보니 이미 아버지는 돌아가셨다. 집 안에 가득 들어찬 사람들.

"동네 선비께서 돌아가셨으니 이를 어쩌면 좋단 말인가."

그제야 동네 사람들이 아버지를 얼마나 존경했는지 깨달았다. 이구동성으로 아까운 분이 왜 이렇게 일찍 가셨느냐고 했다. 아! 이를 어쩌나. 하늘이 무너지는 큰 아픔이었다. 막내의 효도는 아직 시작도 하지 않았는데….

지금 내 나이가 아버지보다 훨씬 위에 와 있다. 아버지의 모습이 내 삶에서 자녀들에게 비춰졌는지. 이미 중년이 된 아들, 딸들에게 말로만 많이 가르친 것 같아 아버지께 죄송한 마음이다.

작은 애국

모든 가을 일이 끝났다. 지난 주말, 아들과 딸네가 모여 김장을 했고, 어제는 메주를 쑤어서 마음이 아주 한갓지고 평안해졌다. 오늘은 아침 식사를 마치고 목욕을 하려고 집을 나섰다. 큰길 옆 밭둑 아래 도랑에는 바람이 쓸어다 놓은 낙엽들이 수북이 쌓여 있다. 아침이슬을 머금은 햇살이 상큼하게 얼굴에 와 닿는데 싸늘한 느낌이다. 잠바 앞깃을 여미고는 시내에 있는 목욕탕을 향해 걸음을 재촉했다.

동네 가운데 큰길 옆에 몇 그루 서 있는 은행나무는 황금빛으로 늦가을을 보내더니 지금은 나목이 되어 겨울을 맞고 있는데 모습이 아주 조용하고 침착해 보였다. 읍내로 들어서면서 목욕탕에 도착했다. 아니 이게 웬일인가. 탕 안에 들어가 보니 아이들과 어른들로 꽉 차 있다. 생각하니 오늘이 토요일, 직장인들이 휴무인지라 아주 북적거렸다. '이럴 줄 알았으면 어제저녁에 올걸.' 하며 빈자리를 찾다가 예쁜 아이가 물장난을 치는 옆에 자리를 잡았다.

네다섯 살쯤으로 보이는 여자아이는 시종 방실거리며 샤워기를 가지고 물장난을 치고 있었다. 물이 틀어진 샤워기로 엄마의 등과 거울에 번갈아 물을 뿌렸다. 아이는 아주 예쁘고 귀여웠다. 손주 생각이 나길래 몇 살이냐고 묻고 싶었다. 그런데 아이 엄마 인상이 하도 무거워 보여 꾹 참고, 가지고 간 바구니를 펼치면서 목욕을 시작했다. 사람도 많고 자리도 넉넉지 않아 한동안 분주히 때를 밀다가 옆에 아이를 보니 아니, 그때까지 샤워기로 물장난을 치고 있는 게 아닌가. 그 옆의 아이 엄마도 대야의 물이 철철 넘치게 놓아 두었다. 내가 처음 목욕탕에 들어왔을 때부터 물이 넘치는 걸 봤는데, 영 마음이 편하지 않았다.

여러 번 아이를 쳐다보지만 아랑곳하지 않은 채 시간이 지나갔다. 며칠 전의 일이 생각났다. 우리 뒷집에 사는 형님이 목욕탕에서 옆의 젊은 이에게 수도꼭지를 잠그라고 한마디 했다고 한다. 그러자 그 젊은이는 대뜸

"아줌마, 목욕탕에 올 때는 물 실컷 쓰려고 오는데 무슨 참견이세요?"

드센 말로 반박하는 바람에 얼굴이 화끈 달아오르더라는 이야기를 들었다. 그럼에도 나는 눈길이 자꾸만 아이에게 가는 것을 참을 수 없었다. 샤워기에서 넘치는 물을 보며 '이를 어쩌나!' 목구멍까지 차오르는 말을 참았다. 언뜻 말을 꺼냈다가 아이 엄마에게서 호된 말이라도 들을 수도 있다. 건성으로 때를 밀면서도 마음은 옆의 아이에게 쏠려 있었다. 이럴 때 아이 엄마가 찜질방에라도 잠시 들어가면 조용히 타이를 수 있는데….

이제는 아이 엄마가 자리를 잠시 비우기를 기다리는 수밖에 없다고 생각했다. 그때였다. 온몸에 비누를 흠뻑 칠한 아이 엄마는 대야의 물이 넘치거나 말거나 그냥 둔 채 벌떡 일어났다. 그러더니 몇 걸음 나아가 벽에 걸린 샤워기로 온몸에 물을 세게 뿌리기 시작했다. 이때다 싶어 얼른 아이에게 다가갔다. 샤워기의 물을 잠그고 가득 넘치는 대야의 수도

꼭지도 재빨리 잠갔다. 그러고는 아이 귀에 가까이 대고

"아가, 이렇게 물을 가지고 놀면 안 돼. 물은 아껴야지. 알았지?"

다급하고 빠르게 속삭였다. 어린아이라 잘 알아들었는지 모르겠다. 그래도 벼르던 말을 하고 나니 마음은 조금 놓였다. 내 자리로 돌아와 때를 밀다가 아이를 다시 돌아보았다. 방실거리던 모습은 온데간데없고 입을 꾹 다문 채 샤워 중인 제 엄마를 계속 올려다보고 있었다.

한참이 지났다. 돌아다보니 아이와 아이 엄마가 목욕을 마치고 나갔는데 대야, 비누, 수건, 방석이 목욕한 모녀의 자리에 그대로 널브러져 있었다. 나도 목욕 마무리를 하고는 아무런 생각 없이 수건으로 머리를 문지르면서 목욕탕 홀로 나왔다. 그런데 갑자기 어떤 조그만 아이가 홀 중앙에 서 있다가 나를 보자마자 후다닥 뛰어가 숨는 것이었다. 고개를 들고 누군가 살펴보니 아까 목욕탕 안에서 내가 물 아끼라고 충고를 한 아이였다. 나를 보자 또 무슨 지청구라도 재차 들을까 하여 지레 겁을 먹고는 제 엄마의 뒤로 숨은 것이다.

'저런, 내 아무리 오지랖이 넓기로 한 번의 훈시도 벼려서 했는데 또야….'

주섬주섬 옷을 챙겨 입는데 아이는 제 엄마랑 한동안 부스럭부스럭하더니 나가면서 뒤를 돌아보다가 나랑 또 한 번 눈이 마주쳤다. 아이는 얼른 고개를 돌리면서 뛰어나갔다. 그 모습에 찝찝한 마음이 들었다.

　자유분방한 어린 시절이 그의 삶에 어떤 영향이 있을까? 자라서 성인이 된 후의 생활 습관은 과연 어떨까? 인간은 7세까지 인격이 형성된다고 한다. 근검한 생활이 어려서부터 생활화되어 온 우리의 세대는 이제 끝이 나는가? 우리의 유년은 시대가 시대이니만큼 그랬었다. 그래서 지금도 오지랖 넓은 말과 행동이 때와 장소에 관계없이 나올 때가 참 많다.

　목욕탕 문을 밀고 나오니 따스한 몸에 초겨울의 싸늘한 찬 기온이 달려들었다. 나는 다시 잠바 깃을 여미면서 읍내길을 걷다가 마을 길로 들어섰다. 해는 중천에 떠 있는데 동네 입구 전봇대 꼭대기에 달린 가로등 불이 아직도 켜 있다.

　'저런, 전기가 부족인 나라인데.'

　얼른 다가가 전봇대 옆구리에 붙어 있는 스위치를 내렸다.

둥지를 떠난 아들

아침 일일 연속극과 뉴스가 끝나자 리모컨의 전원을 꾹 눌렀다. 지고 있던 구들장에서 상체를 일으키고는 장지문을 열고 밖을 내다봤다. 벌써 해가 푹 자쳐져 마루 끄트머리까지 내려온 햇살은 여간 화사한 것이 아니다. 토방으로 내려서서 신발을 신으려는데

"까, 까아악 깍."

아래채 지붕 용마루 위에 자태가 날렵한 까치 한 마리가 마음 놓고 올라앉아 무슨 기쁜 소식이라도 전하려는지 열심히 울어댄다. '누가 오려나? 올 사람도 없는데….' 움츠렸던 어깨를 털면서 안마당을 질러 바깥마당으로 나갔다.

지금이 섣달, 예년에 비해 따뜻한 겨울이라고는 하나 냉랭한 한기가 옷소매에 스며든다. 읍내 쪽 신작로를 바라보니 승용차가 꼬리를 물다가 한참 만에 덩치 큰 버스가 몇 사람을 내려놓고는 천천히 길을 떠난다. 농한기라 사람들은 보이지 않고 방학이라 학생들은 등하교를 안 하니 버스가 심심하지 않으려나? 이럴 때는 며칠 있으면 돌아올 대목도 준

비할 겸 버스도 잠시 쉬는 시간을 가지면 어떨까. 팔짱을 낀 채 엉뚱한 생각을 하면서 대문 안으로 들어서는데 안방에서 전화벨 소리가 들려왔다. 얼른 달려가 수화기를 드니

"엄마 저예요, 저 오늘 집에 내려가요."

아들이 오늘 집에 온다는 얘기다. 특별한 일이 있나 하여 웬일이냐고 물으니 친구 결혼식이 있어 온다는 거다. 그럼 그렇지, 일이 아니고서야 오는 일이 드물다. 학교를 졸업하고 직장에 다니더니 집에는 명절 때, 부모 생일 외에는 올 일이 없는 것으로 안다. 그래서 한 번이라도 오게 되면 꼭 손님같이 여겨진다.

자식들은 품 안에 있을 때가 제일 행복하다고 어른들이 늘 말씀하셨다. 내가 아이들을 키울 때는 건성으로 듣고 어서 자라기만을 바랐다. 세월은 쏜살같이 지나고 자녀들은 어느새 자라 대학을 졸업하고 딸은 시집을 갔고 아들은 직장인이 되었다.

생각해 보니 지난 명절 때 다녀가고 그럭저럭 석 달이 지났나 보다. 내려오면 저녁이나 함께 먹어야겠다고 생각하고 시장바구니를 챙겨 읍내로 나갔다. 아들이 잘 먹는 고기를 비롯하여 이것저것을 사다 보니 바구니가 가득해졌다. 이만하면 웬만한 상차림을 할 수 있을 것 같았다. 자녀들이 어렸을 적엔 아이들이 잘 먹는 것을 뻔히 알면서도 집을 장만

하고자 하는 욕심에 여간 절약을 한 게 아니다. 수입의 대부분을 저축하고 조금 남는 생활비로 살다 보니 콩나물과 두부만을 끼니마다 밥상에 올렸다. 식욕이 왕성한 중학생이었던 아들 녀석이 학교 파하고 대문에 들어서면서

"엄마 오늘 저녁 반찬은 뭔가요? 고기 있나요?"

하고 큰 소리로 외쳐 물으면 매번

"김치지 뭐."

라고 대답을 하곤 했었다. 지금 와서 생각하면 미안한 일이다. 오늘은 마음껏 장만하였다. 몇 달 만에 만나는 아들과 맛있게 먹어 보려고 정성스레 음식을 차려 상까지 보아 놓으니 마음이 흐뭇했다. 저녁이 되자 어슴푸레 어둑발이 내리기 시작했다.

'시장이 반찬이라는데 아마도 이쯤 되면 맛있게 저녁을 잘 먹겠지' 중얼거리며 혼자 싱긋이 웃는데 마당을 질러 들어오는 구두 발소리가 들리면서,

"엄마 저 왔어요."

하는 것이 아닌가.

"얼마나 시장하니, 오느라고 피곤하지? 저녁 먹자."

그러나 아들은 내 말이 끝나기도 전에 손에 들었던 가방을 마루 끝에 내려놓으면서

"시내에서 친구들 만나기로 했어요. 그리고 저녁 먹고 올 거예요."

하는 게 아닌가. 밥 한술이라도 뜨고 나가면 좋으련만 아들은 선걸음으로 도망치듯 나갔다. 그러는 아들의 뒤통수를 향해,

"밤늦게까지 있지 말고 일찍 들어와."

하고는 대문을 한동안 바라보다가 주방으로 들어왔다. 주인 잃은 밥상, 평상시에는 식탁에 오르지 않던 음식 몇 가지가 외롭게 놓여 있다. 나는 시내에 다녀와서 반찬을 만들며 바쁘게 움직이느라 많이 시장했을 텐데 웬일인지 밥맛이 뚝 떨어졌다. 그렇다고 굶을 수도 없고 밥 한술 대접에 떠서 찬물을 부어 별 반찬 없이 억지로 먹었다. 그러고는 차려 놓았던 반찬을 내일 아침에 다시 내놔야겠다고 생각했다.

밤이 깊어 갔다. 대문이 언제 열리려는가 온통 신경이 쓰였다. 자정이 훌쩍 넘어서야 들어온 아들은

"다녀왔습니다."

한마디 하고는 제방으로 들어가 잠자리에 들었다. 늦게 잠을 잤지만, 아침에 일어나는 시간은 늘 똑같다. 아들이 자는 방의 문을 살며시 열어 보니 한밤중처럼 깊이 잠에 들어 있다. 몇 시가 예식인지 물어볼걸, 후회하며 다시 아침밥을 했다. 어제 만든 반찬을 데우고 계속 주방에서 서성였다. 아들이랑 아침밥이나 마주 앉아 먹어보려는데 아침 햇살이 퍼지고 늦은 오전이 되고 말았다. 참다못해 아들이 자는 방 앞에 가서

"일어나야지, 아침 먹어야 결혼식장엘 가지."

조그만 소리로 말했는데 잘도 들었나 보다.

"시간이 되면 일어날게요."

한다. '아니 시간이 되어 일어나면 밥은 언제 먹는담, 시간 전에 일어나야지.' 구시렁거리며 집안일을 했다. 얼마 후 일어난 아들은 세수한다고 목욕탕에서 부산을 떨더니 후다닥 나오면서 하는 말이,

"엄마, 저 아침밥 못 먹어요. 시간이 없어요."

하는 게 아닌가. 어이가 없다. 닭 쫓던 개 지붕 쳐다본다더니 딱 맞는 말이다.

오후가 되었다. 예식도 끝났을 것 같다. 언제나 오려나 하는데 글쎄 아들 녀석이 대문을 밀면서 쑥 들어오는데 웃는 얼굴이다. 아니, 어떻게 된 거냐고 묻자

"예식은 벌써 끝났고 친구 승용차로 함께 서울 올라가려고요. 지금 밖에서 기다리고 있어요. 구정에 내려 올께요."

하면서 방에 들어가 소지품이 들어 있는 가방을 들고 나왔다. 밖으로 나오니 승용차 운전석에 앉아 있던 아들 또래의 청년이 차 밖으로 나오면서 나에게 다가와 허리를 접으며 인사한다. 듬직해 보였다. 아들은 그렇게 떠났다.

옛말에 송아지가 '엄마를 팔아 친구를 사 달라'고 했다는데, 그 말은

사실이다. 자식이 내 품을 떠난 게 실감이 났다. 허탈하고 서운했다. 하지만 어쩌겠는가. 장성한 아들이 엄마만 졸졸 따라다녀도 안 될 일이다. 이렇게 스스로 마음의 위안을 하며 배웅하고 돌아서 터덜터덜 집으로 들어왔다.

무엇이 귀한가

날씨는 차갑지만 하늘은 아주 맑다. 오후가 되자 엷은 구름이 흐르고, 거슬거슬 바람이 불기 시작한다. 봄이면 으레 바람이 많이 불기는 하지만, 그래도 하늘이 맑고 햇볕이 나서 춥기만 하지는 않다. 봄의 불청객인 황사도 없고, 오늘 같은 날에는 집에만 있기 아쉬울 정도다.

조석으로 기온 차가 심해 마음 놓고 새벽 운동을 하지 못했는데, 오늘은 모처럼 오후에 나서볼 참이다. 편하게 차려입고 대문을 나섰다. 정오를 지난 봄볕이 동네를 가득 채우고 있다. 겨울을 지나 봄의 문턱에 선 계절, 논둑과 밭둑에는 추위에 얼어붙었던 잡풀들이 누런빛으로 힘없이 드러누워 있다. 얼었던 땅이 녹으면서 흙이 부드럽게 솟아올라 푹신푹신하다. 봄부터 가을까지 자주 오르던 산, 동네 동쪽에 자리한 그 산은 우리 마을을 내려다본다. 사철 다른 옷으로 갈아입어 계절을 알려 주는 산이기도 하다.

동네 길을 벗어나 산 입구에서 두어 걸음을 떼었을까? 웬 책가방이 길

옆에 버려져 있다. 힐끔 쳐다보고는 그냥 지나쳐 걸었다. '아니지' 중얼거리며 뒤돌아서서 다가가 가방을 집어 들었다. 모양이나 색상으로 보아 초등학생 가방이 분명하다. 호기심이 많은 나는 얼른 이곳저곳의 지퍼를 열고 내용물을 꺼내 보았다.

초등학교 오 학년 교과서 몇 권과 공책, 고급 필통, 그 안에는 연필과 샤프심, 지우개 등이 가득 들어 있었다. 가방은 꽤 값이 나가는 듯 보이는데, 흙도 묻어 있고 조금 젖어 있는 걸 보니 며칠 동안 이곳에 있었던 것 같다. 요즘 들어 길을 걷다 보면 공공장소나 화장실에서 멀쩡한 우산이 버려져 있는 경우가 아주 흔하다. 그뿐만 아니라 운동화나 모자, 장갑, 스카프 같은 물건이 버려져 있기도 하다. 물론 이런 것들은 시중에서 흔히 구할 수 있지만, 아까운 마음에 주워다가 쓰거나 신은 적이 여러 번 있다. 그런데 오늘 같은 경우는 다르다. 교과서다. 학교 수업 시간에 교과서 없이 어찌 한 시간이라도 견딜 수 있을까. 일반 참고서도 아니고, 금방 서점에서 다시 사기도 어려울 텐데….

내 상식으로는 이해가 되지 않았다. 그렇다고 주워 갈 수도 없는 일이다. 잠시 생각한 끝에 가방 안에 넣어 두었던 학용품과 책을 주섬주섬 다시 챙겨 넣었다. 그러고는 지퍼를 꾹 닫아 그 자리에 그대로 두고 일어섰다. 나뿐만 아니라 이곳을 지나간 사람이 여럿 있었을 것이다. 어린

이의 책가방이라는 건 누구라도 금세 알아볼 수 있었겠지만, 함부로 가져가지 않았겠지. 그런데 왜 주인은 잃어버린 물건을 찾으러 오지 않았을까? 더구나 그 안에는 교과서도 있었는데, 학교에 가서는 그동안 무엇으로 공부했단 말인가. 궁금한 점이 한둘이 아니었다. 혹시 그 학생에게 엄마가 없는 걸까? 그렇지 않고서야 가방이 며칠씩이나 밖에 버려져 있을 수 있겠는가 말이다. 아, 그렇다. 문득 떠오르는 것이 있었다. 지금은 2월 중순, 그러니까 조금만 지나면 봄방학이 시작되고 학년도 바뀐다. 교과서가 없어도 며칠만 견디면 그만일 것이다. 가방도 부모님이 새로 사 줄 테고. 잃어버린 물건을 찾기 위해 길을 이리저리 되짚으며 애쓰지 않아도 될 것이다.

요즘 세태가 다 그런 게 아닌가. 힘들고 애쓰는 것을 싫어하고, 잃어버린 물건이야 돈 주고 다시 사면 그만이니, 별일 아니라고 여긴다. 이런 생각이 들자 왠지 마음이 서글퍼졌다. 나 자신도 초심을 잃은 것만 같다. 소중한 것이 없다. 애써 아끼며, 때론 속마음까지 나누던 그 무언가를 잃어버린 느낌이다.

어디에서 찾을까. 요즘 세상에서 귀한 것이란 무엇일까. 하찮은 손수건이나 지갑, 목도리처럼 내 손때가 묻어 애지중지 간직하던 소지품을 잃어버리면 며칠 동안이나 서운해하던 마음, 요즘 아이들에겐 그런 감정이 별로 없다. 이런 마음은 누가 가르쳐 주어서 생기는 것이 아니다. 시대가 변하면서 아이들을 그렇게 만든 것이다. 풍족한 환경 탓이라고 해야 할까. 참 세상 많이 변했다. 내 유년 시절에는 보통 십 리 길을 걸어서 학교에 다녔다. 비가 많이 오는 날이면 냇물이 불어나 거센 물살을 헤치고 건너야 했고, 그러다 신발이 물에 떠내려가기도 했다. 그런 날은 학교에도 못 가고 집에조차 들어가기를 꺼렸다. 어머니에게 꾸중을 듣는 일이 다반사였기 때문이었다. 모든 것이 귀하던 시절, 신발 한 켤레도 귀했다. 신발을 사려면 어머니는 십 리 밖 오일장까지 쌀 한 말을 머리에 이고 가야 했다. 보리밥조차 흔하게 먹지 못하던 때였으니, 쌀이든 신발이든 어찌 귀하지 않을 수 있었겠는가.

길가에 떨어진 가방을 다시 집어 들고는 안을 샅샅이 뒤졌다. 주소도 전화번호도 없다. 초등학교 5학년이면 판단력이 어느 정도 생겼을 나이인데, 책이 무척이나 싫었던 모양이다.

그렇다. 어린이들을 탓하기 전에 어른들이 먼저 반성해야 한다. 초등학교 앞에 즐비하게 늘어선 학원들, 영어 전문, 수학 전문, 영재 과학 전문 등등. '전문'이라는 단어는 대학교에서나 어울릴 법하다. 그런데 지금은 초등학교 교문 앞에서 어린 학생들의 어깨와 가슴을 짓누르고 있다. 친구들보다 수업 진도가 몇 년을 앞서야만 마음이 놓이는 요즘 부모들.

학교 수업이 끝나기 무섭게 아이들이 향하는 곳은 바로 이런 학원들이
다. 편히 쉬어야 할 방학 동안에도, 이른 아침에 나갔다가 저녁이 되어
서야 초췌한 모습으로 돌아오는 아이들을 보면 참 안타깝기 그지없다.

그러니 어찌 가방과 책이 귀할 수 있겠는가? 잃어버림을 핑계로 잠시
라도 편히 쉬고 싶은 것이 지금 아이들의 솔직한 마음이 아닐까. 나는
다시 가방을 내려놓고 천천히 걸음을 옮겼다. 산의 정기는 예나 지금이
나 변함없지만, 오늘은 마음이 영 편치 않다.

바람이 분다. 하늘에는 하얀 구름이 가득하다. 솔향기가 바람을 타고
코끝을 스친다. 구겨진 마음을 달래려는 듯이.

제2부
햇살 속에 스며든 농촌의 하루

어려서는 엄마가 자녀를 염려하고 자라서는 자녀가 엄마를 염려하는 게 당연하지. 멀어져가는 모녀의 등에 시선이 오래도록 머문다. 두터운 사랑이 넉넉해 보인다.

노년의 외출

　겨울의 문턱을 넘은 지도 어느덧 한 달 남짓이 지났다. 김장을 해 아들딸네로 보내고 남은 김치를 냉장고에 넣은 것이 엊그제 같다. 광에 두었던 동치미는 벌써 알맞게 익어 끼니때마다 입맛을 돋운다.

　요즘은 일손도 뜸하고 날씨도 매서워 하루 종일 방 안에서 지낸다. 그런데 딸에게서 집에 오라는 전화가 연달아 온다. 특별한 일이 있어서가 아니라, 농사일도 끝났으니 며칠 쉬다 가라는 말이다. 하지만 선뜻 마음이 내키지 않는다. '아들네 가면 앉아서 밥을 먹고, 딸네 가면 서서 밥을 먹는다'는 어른들 말이 자꾸 떠올라, 굳이 가서 눈치 보며 밥을 얻어먹을 필요가 있을까 싶어 대답을 미뤘다.

　그래도 전화가 계속되니 마지못해 가기로 하고 짐을 챙긴다. 그것도 쉬운 일이 아니다. 어린 손자, 손녀가 있는데 빈손으로 갈 수는 없고, 시골에서 올라온 장모가 사위 앞에서 내놓을 것 하나 없다면 괜히 손이 부끄러울 것 같다. 농사를 지으며 마련한 것들 가운데 가져가고 싶은 것도 한두 가지가 아니다. 이것저것 챙기다 보니 보따리는 점점 커졌다. 기차 역까지는 승용차로 옮기면 되고, 내려서 차 타는 곳까지도 멀지 않으니 괜찮겠지 싶어 짐을 차에 싣고 길을 나섰다.

사실 어쩌다 도시에 가게 되어 기차를 타면, 시골 농사꾼들은 금방 표가 난다. 먼저 얼굴이 구릿빛이다. 이미 겨울이 되었지만, 아직 검었던 피부가 벗어지려면 겨울 깊숙이 가야 한다. 또 거칠고 왠지 다듬어지지 않은 외모가 농군임을 금세 알린다. 기차에 올라 두리번거리며 좌석 번호를 찾으니 옆이 비어 있는 자리였다. 잠시라도 넓게 가려고 손가방을 옆자리에 놓고는 한숨 돌렸다.

두어 역이 지나자 옆자리의 주인이 나타났다. 다행히도 차림새와 얼굴빛이 나와 비슷하고 칠십이 훌쩍 넘어 보이는 할머니다. 옷도 두툼하게 입었지만 목도리와 모자, 장갑을 벗어 무릎 위에 올려놓으니 수북하다. 보아하니 별 짐은 없으나 차려입고 머리에 쓴 장비의 부피가 나의 두 배쯤 되어 보인다. 조금 있자 위에 입었던 외투까지 벗는데 속에는 두툼한 잠바를 또 입은 상태이다. 그러면서
"기차를 타니까 우리 집 안방보다도 더 따뜻하구면."
한다. 사실 시골에 살면서 방이 따뜻하도록 난방하려면 한 해 겨울 기름값이 여간 아니다. 방에서도 옷을 두툼하게 입는 것이 상책이다. 그러

다가 외출이라도 하려면 이것저것 더 껴입게 되는 건 당연하다. 기차 안은 따뜻하고 편안한지라 창밖을 잠시 내다보다가 돌아보니 옆에 앉아 있는 할머니는 금세 잠이 들어 있다.

누구네 집에 가는지는 모르나 일찍 집을 나섰을 테고, 아침 찬바람을 쏘이다가 따뜻한 곳에 평안히 앉아 있으니 잠이 솔솔 오기 마련이다. 고개를 왼쪽으로 돌리고는 단잠에 빠진 할머니. 깨어 있으면 어디서 사느냐, 누구네 가느냐 말이 오고 가건만 잠든 얼굴만 한동안 쳐다보았다. 얼굴은 검게 그을렸고 무릎에 가지런히 놓인 손은 장작개비같이 버쩍 말라 거칠고 마디가 굵다. 나처럼 농사일을 즐겨하는 노인인 것 같다. 말 상대도 없고 창밖에만 계속 시선을 주며 한 시간 정도 지났다. 부스럭거리는 소리에 돌아보니 옆의 할머니는 잠에서 깨어났다. 눈이 마주치고 눈인사가 오가는데, 그 할머니는 대뜸

"참말 잠 잘 잤네. 근데 여기가 어디요?"

한다. 할머니가 자는 동안 벌써 서울로 거반 왔다고 하자 안심하는 눈빛이다. 그때부터 이야기가 시작되었다. 웬 옷을 그리 많이 입었느냐 물었다. 대답인즉, 자기는 지금 딸네를 가는데 옷을 잘 못 입고 가면 딸한테서 엄청나게 지청구를 듣는다고 한다. 평소에 시골서 오더라도 아무것도 가져오지 말고 옷매무새나 단정히 차려입고 오라는 신신당부가 있었다고 한다. 또한 겨울에 부실하게 하고 가면 더 야단을 칠 것으로 생

각하여 오늘은 만반의 준비를 했다고.

한동안 주고받는 이야기는 농사 정보, 손자와 손녀 재롱, 끝에 가서는 남편의 생존 여부 등등. 노년들의 수다도 보통이 아니었다. 그러면서 도시에 가까우니 즐비한 아파트가 보인다. 그러자 이내 할머니 하는 말씀

"난 저런 아파튼가 뭔가 하는 데서는 당최 못 살겠더라구요. 그래서 딸네 가면 딱 두 밤만 자는데, 댁은 안 그러우?"

내 얼굴을 빤히 쳐다보며 묻는다. 나도 마찬가지다. 더군다나 일없이 딸네 집에서 며칠 밤을 잔다는 건 어려운 일이다. 그 할머니와 나는 통하는 게 많아서 좋았다. 종착역이 가까워지자 짐 보따리를 챙기며 가운데 통로로 나섰다. 잠시 이야기를 나누었기에 서로 잘 다녀가라는 인사를 나누며 차에서 내렸다. 끙끙 보따리를 들고는 몇 걸음을 놓자 어디선가

"엄마"

하는 소리가 크게 들렸다. 돌아보니 아기엄마로 보이는 젊은 여자가 조금 전에 나와 이야기를 나누던 할머니를 향해 달려간다. 우두커니 서 있던 할머니는 딸을 발견하고 웃음을 문다. 다가간 젊은 여자는 엄마의 차림새가 마음에 들었는지 연신 미소를 지으며 덥석 손을 잡고는 이끈다. 옷을 많이 입어서일까? 할머니가 걸음을 옮길 때마다 뒤뚱거리지만 전혀 우습지 않다.

어려서는 엄마가 자녀를 염려하고, 자라서는 자녀가 엄마를 염려하는
게 당연하지, 멀어져 가는 모녀의 등에 시선이 오래도록 머문다. 두터운
모녀의 사랑이 넉넉하게 보인다.

아! 가을이야

여름이 끝나고 가을이 무르익어 가고 있다. 하늘이 맑고 높고 파랗다. 옥에도 티가 있다는데 아무리 하늘을 올려다봐도 티라니, 터무니없는 말이다. 그저 쪽빛 하늘일 뿐이다. 마치 물감을 풀어 놓은 것같이 짙푸르고 평온하다. 풍요로운 가을을 맞아 하늘은 마음껏 자태를 뽐내는 듯하다. 계속 하늘에 시선을 주니 갑자기 날아보고 싶을 만큼 좋은 날씨라고 느껴진다. 이런 청명한 가을날 집 안에 가만히 앉아 있으면 계절에 대한 실례가 될 듯하다.

얼른 바구니를 옆에 끼고는 바깥마당을 가로질러 밭둑으로 올라섰다. 풀썩풀썩 메뚜기들은 내가 지날 때마다 풀 속으로 뛰어 달아난다. 들깨밭을 지나자 바람도 없는데 들깨의 짙은 향이 물씬물씬 풍기면서 건강함을 알린다. 밭둑을 뒤덮은 각종 풀도 가을을 맞아 꽃이 진자리마다 씨가 달려 있는데 톡톡 영근 모습들이다. 늦더위의 뙤약볕에 청청하던 들풀들이 많이 바래어 이미 누레지기 시작했다. 각종 잡풀도 계절을 맞아 자신들을 잘 보듬나 보다. 초가을 냄새가 여기저기서 풍긴다.

여름내 불볕더위를 무릅쓰고 밭고랑에서 살다시피 했는데 곡식들은 일제히 풍성한 열매로 답한다. 목을 길게 뽑아 하늘을 찌르듯 하던 수수가 고개를 그만 푹 숙이더니 지금은 이삭이 죄다 주인에게 돌아갔고 빈대만 우두커니 서 있다. 그 아래 여러 작물이 풍성한 열매들로 주인을 반기고 있으니 참으로 믿음직할 뿐이다.

조금 걷다가 밭고랑으로 내려서서 바구니를 옆에 내려놓고 팥꼬투리를 따기 시작했다. 어찌나 잘 여물었는지 마치 동부 꼬투리처럼 길고 실하다. 이런 보답이 있기에 눈만 뜨면 논밭으로 나가 심어진 작물들을 자식처럼 소중히 보살피곤 하지 않았는가. 더구나 자녀들이 출가한 지금 남편과 둘이 살다 보니 날이 밝으면 자연히 밭에 나가 일하고 어두워지면 집에 들어오는 것이 일과이다.

며칠 전, TV에서 어느 유명한 사람의 말을 듣게 되었다. 가깝게 지내던 지인이 건강 악화로 산골 생활을 하게 되었다고 했다. 일 년이 지나서 그 지인을 방문차 시골에 갔는데 산 입구에 '종합 병원'이라는 조그만 팻말이 있더라고. 들어가서 말을 들으며 살펴보니 그동안 시골 생활로 지인의 병이 완쾌되었는데 그럴 만하더라고 했다. 철 따라 해가 뜨면 일어나서 먹고 자연과 벗하며 흙을 일구다가 밤이 되면 잠자리에 드니 무슨 근심 걱정이 있겠는가. 또한 산은 생명의 향기를 머금은 곳이 아닌가. 자연히 병은 치료되어 건강하니 도시 생활은 멀어지더라고 했다. 그리스 의학자 히포크라테스는 '자연은 모든 병을 치료한다'라고 하지 않았던가.

사실 농부들은 산중에서 살지는 않지만, 자연과 마주하며 살고 있다. 그러나 우리처럼 자연에 푹 빠져 있으면 깨닫지 못한다. 지천인 맑고 신선한 공기를 마음껏 마시지만 이런 것은 당연지사로 여기며 살았다. 여름철 긴긴 해에는 날이 밝으면서 일을 시작하고 어두우면 집에 들어가니 실로 노동시간은 열두 시간을 훌쩍 넘길 때가 허다하다. 노동 후의 밥맛이야 말할 게 무엇인가. 저녁 먹고 방에 들어가면 단잠이 쏟아지고 일과가 눈 깜빡할 사이에 지나면서 계절은 쉴 사이 없이 바뀌고 또 바뀌어 간다.

따사로운 가을 햇살을 온몸에 받으니 등이 따갑게 느껴진다. 시장기가 드는 걸 보니 정오가 가까워졌나 보다. 밭둑에 우뚝 솟아있는 감나무에 시선을 돌렸다. 작년에는 온 가지에 감을 주렁주렁 달고는 늦가을까지 견디었다. 근데 올해는 많이 열리지 않고 듬성듬성 달려있다. 그중에 빨간 홍시 몇 개가 눈에 들어온다. 슬며시 일어나 감나무에 다가가 홍시를 따서 윗도리 앞섶에 몇 번 문지르고 크게 한입 베어 물었다. 부드럽고 달콤하고 쫄깃한 맛, 게 눈 감추듯 후딱 먹고는 일어섰다. 그런데 마침 우리 집 앞 텃논 건너에 사는 옥이네 형님이 무언가를 무겁게 머리에 이고는 터덜터덜 걸어가고 있다. 이때다 하며 입에 손나발을 하고는 힘껏

"형님, 형니임….."

하고 크게 불렀다. 우뚝 걸음을 멈춘 형님은 느리게 두리번두리번 소리가 나는 쪽을 찾는다. 홍시 두 개를 따 들고는 밭둑을 쏜살같이 내려와 형님에게로 달려가자 빙그레 웃으며

"어디서 그런 홍시가 있어, 참말로 맛있어 뵈는군."

한다. 말을 끝내기도 전에 머리에 인 콩 다발을 길옆에 내려놓고는. 홍시를 받아 든 형님은 연신 웃음 띤 얼굴로 크게 한입 베어 물면서

"그러잖아도 시장하던 참인데 꼭 꿀맛이네."

하면서 홍시 두 개를 후딱 먹는 게 아닌가.

"정말 맛있네. 점심 생각이 금세 싹 달아나는군."

한다. '잘 먹었다'를 거푸 말하면서 콩 다발을 다시 이고는 집을 향하는 이웃사촌 형님, 작년과는 다르게 등이 굽어 있다. 네 남매를 자녀로 두었으나 모두 도시에서 산다. 힘든 농촌 일은 우리 대에서 끝이고 너희들은 노동일은 하지 말고 좀 편하게 살라면서 도시로 내보냈다. 사철 땅에서 나는 모든 곡식과 채소, 과일을 자녀들 모두에게 풍성히 보내 준다.

쪽빛 하늘을 다시 올려다본다. 중천의 햇살에 눈이 부시다. 가을 하늘이 무척이나 드높아 마음까지도 넉넉해진다. 이 계절에만 간직되는 자연의 모습을 마음껏 감상할 수 있으니 이 또한 농군에게는 축복이고 행복이 아닌가.

가을 하늘에서 눈을 돌리려는데 갑자기 기러기 떼가 'ㅅ' 자를 길게 쓰면서 끼룩끼룩 창공을 날고 있다. 푸른 하늘을 가로지르는 철새의 모습은 가을 하늘을 아름답게 장식하고 있다.

마음 비우기

　개나리, 진달래가 지고 요즘은 흰 싸리꽃이 우리 집 뒤뜰을 장식하고 있다. 새벽에 일어나 집 주변을 돌면서 땅콩을 심으려고 어제 만든 밭두둑을 둘러보니 가지런히 아주 잘 만들어졌다. 오늘은 심기만 하니 일이 쉬울 것 같다. 사월이 중순을 넘기니 슬슬 밭에 곡식 심기가 이어진다. 그런데 자녀들과 약속한 일이 자꾸만 생각난다.

　"제발 농사일에서 손을 떼세요."

　지난 설을 지내면서 자녀들에게서 들은 것이다. 그러나 그렇게는 살 수가 없다. 시골에 살면서 농사일을 전혀 하지 않는 것이 삶에 무슨 의미가 있겠는가. 전혀 안 하는 건 안 된다, 몸에 중병이 있으면 몰라도. '웬만하면 조금씩은 해야 한다'고 하니, 그러면 지금 하는 일의 반의반만 하라는 당부를 받았다. 그리고 농사철이 다가온 것이다. 사실 잠깐을 살아도 손에 일이 있어야 재미가 있고 하루가 금새 지나간다. 농사일은 할 때는 힘 들고 어려워도 곡식들이 잘 자라는 모습을 보노라면 기쁨이 있고 보람을 느낀다. 더군다나 가을에 수확한 곡식을 자녀들이나 지인들에게 나눠 주노라면 얼마나 마음이 흐뭇하던가.

시집온 지 어언 오십 년을 훌쩍 넘기었다. 그때부터 지어왔으니 농군 중의 농군이라고 해도 과언이 아니다. 이웃을 둘러봐도 죄다 농사짓는 이들인데 나이가 보통 칠팔십, 아니 구십을 넘긴 이도 몇 명 있다. 우리처럼 논농사는 남에게 맡기고 밭농사를 짓는 집이 많다. 농사일이 어렵거나 몸이 아프면 조금씩 줄여 가고 그래도 안 되면 아예 농사에서 손을 놓는 것이다. 주변에서 겪는 이런 과정을 지금까지 수십 년 보아왔으니 내가 알아서 해도 되건만. 가끔 오는 자녀들은 부모의 얼굴과 허리에서 보이는 나이 듦 때문에 이런 말을 하는 줄을 알고 있다. 하지만 이것이 만고의 진리요 농민들의 질서인데 어쩌랴. 그러니 농사일에서 손을 떼라고 당부를 들어도 냉큼 서둘러지지 않는다.

자녀들에게서 어떤 말을 들었든지 간에 아침 식사를 마친 후 땅콩씨를 가지고 서둘러 밭으로 갔다. 어제 늦도록 밭두둑을 손질하여 오늘은 심기만 하면 된다. 얼마를 심었을까. 혼자지만 내가 하고 싶어서 하는 일이니 전혀 어렵지 않다. 무슨 일이든 시작이 반이라고 하지 않았는가. 더군다나 요즘은 여름처럼 찜통더위도 아니고 등에 땀도 안 나니 일의 능률이 배가 된다.

한동안 일을 하는데 밭 옆 큰길에서 '크크 으음' 하는 밭은기침 소리가 들린다. 돌아다보니 이웃사촌 아저씨가 바짝 굽은 허리로 짐이 가득 실린 손수레를 운전하여 먼 곳에 있는 밭에 가고 있다. 그러면서

"으응, 땅콩을 잘도 심는구먼. 요즘 땅콩 심을 시기지."

한다. 평소에도 우리 집 앞을 지나다가 나를 만나면 무슨 칭찬이라도 꼭 하는 성품이다. 몇 년 전부터 허리가 반으로 굽었지만 일하는 데는 아무 지장이 없는 것 같이 보인다. 평상시 장정 두 몫의 일을 하는 아저씨는 아직 봄이 다 가지도 않았는데 구릿빛 얼굴이다. 아저씨의 자녀들 역시 늙은 아버지의 노동을 보고만 있었겠는가. 여러 번 일을 적게 하시라, 일에서 손을 떼시라 권했지만, 전혀 듣지 않았다고 한다. 그래서인지 지금은 아무도 아저씨의 일에 대하여 전혀 가타부타 말하지 않는다고 한다.

아저씨는 한 가지 굳은 신념이 오래전부터 있었다. 힘든 농사로 자녀들을 교육 시키면서 '나는 배운 것이 농사인지라 어려워도 하지만 너희들은 도시에 나가 직장을 다니며 흙 만지는 일은 하지 마라'고 했다 한다. 농촌 일은 사람 꼴도 안 나고, 농산물은 팔아도 헐값인지라 우리 대에서 끝을 내야 한다고 종종 말씀했다. 그 후, 아저씨네 자녀들과 동네 이웃들의 자녀들은 중고등 학교를 마치면 하나둘 도시로 떠났고 세월이 흘러 지금에 이르렀다. 명절 때나 되어야 동네에서 젊은이와 아이들을 보는 현실이 되었다.

오늘도 굽은 등으로 밭을 향하는 모습이 조금은 애잔해 보인다. 평생

노동으로 다져진 몸이라고는 하지만 이제 구십이 코앞인데 나이를 거스를 수는 없다. 조금은 내려놓아야 한다. 몇 년 전의 일이다. 친척 한 분이 구십을 훌쩍 넘기고도 농사를 짓다가 그만 병이 났다. 덜컥 겁을 먹고는 병원에 갔으나 이미 이곳저곳 몸에 병이 있더라고 했다. 그 후, 그동안 짓던 밭 천여 평이 휴농지가 되었고 사오 년 동안 풀만 자라 옥토이던 밭은 아예 풀더미가 되고 말았다. 그뿐만 아니다. 우리 동네를 살펴보면 이렇게 풀만 우거진 밭이 이곳저곳 있다. 그런 밭을 볼 때마다 아저씨는 몹시 안타까워했다. 아저씨 생전에는 그런 일이 전혀 없을 줄 아셨나 보다. 늙은이 건강은 하루 앞도 알 수 없다. 나이가 들면 당연히 몸에 표가 나기 마련인데 등은 굽었어도 청춘인 마음은 평생 변할 줄 모른다.

남의 말을 한들 무슨 소용 있으랴. 나도 자녀들의 성화를 받으면서 일하는데…. 그런데 결심했다. 바깥마당 앞에 있는 널따란 밭이 꽤 넓은데 거기는 올해 봄부터 얼씬하지 않았다. 특히 올해에는 봄비가 자주 내려 잡풀이 무성하다. 예전 같으면 다 뽑았을 텐데 방치했다. 앞으로 한 달이 채 못가 풀밭으로 변하겠지. 그러나 이제 더 나이 들기 전에 몸을 사려야겠다. 작년까지 짓던 밭농사를 반으로 확 줄이려 한다.

내가 새댁이던 70년대에는 한 치의 땅이라도 더 늘려 심으려 했다. 빈 땅을 그대로 두면 하늘을 두려워했는데 세상은 참 많이 변했다. 세상이 변했으니 시대에 맞게 살자고 마음을 비우니 금세 시간의 여유가 생긴다. 세상일은 마음먹기에 달려있다고 예전에 어른들은 말씀하셨다.

따사로운 봄볕이 굽은 아저씨 등을 따라간다. 그 뒤를 아줌마가 살금살금 따라가는데 등은 역시 구부정하다. 내년쯤 되면 더 굽어지겠지. 얼굴색은 구릿빛인데 나를 보자 흰 이를 드러내며 빙긋이 웃는다.

이웃사촌 1

좀 더 자고 싶은데 밖에서 야단이다. 텃밭 둑에 서 있는 오래된 은행 나무 위에 까치집이 있다. 거기에 사는 까치 몇 마리가 내 방 가까이 다 가와 마구 떠들어 대니 어찌 잠을 더 자겠는가. 어제 봄 감자를 심으려고 삽질을 하였더니 얼마나 어려웠는지, 몸이 거부하는 표를 낸다. 물론 땅을 파려면 요즘에는 관리기를 이용한다. 그런데 몇 두둑 안 되는데 기계를 이용하려니 번거롭다. 또 내가 기계를 다룰 줄도 모르니 어쩌랴. 차라리 그냥 힘을 쓰기로 작정했는데 하고 보니 나이에 맞지 않는 버거운 일이었다. 아들과 딸이 이 사실을 알면 크게 야단을 칠 게 뻔하니 입을 꾹 다물어야지.

몸을 몇 번 뒤척이다가 일어나니 어깨와 허리가 뻐근하다. 참으면서 창문을 열었다. 바로 문 옆에 있는 감나무 가지에서 까치 두어 마리가 화들짝 놀라 날아간다. 매일 새벽에 일어나 집 주위를 돌거나 밭에서 일하다가 날아다니는 까치를 보면 으레
"밤새 안녕했는가?"
인사하는 게 습관처럼 되어 있다. 우리 집에서 제일 가까운 이웃이고 온종일 마주 대하다 보니 짐승이지만 정이 들었다. 그래서였나 오늘 늦게까지 내가 안 보이니 방 가까이 와서 떠들어 나를 깨웠으니 반갑고도 신통한 녀석들이다.

늦게 일어났으니 까치에게 매일 하던 인사는 그만두었다. 어제 힘들여 일한 곳으로 다가가 다시 살피며 쇠스랑으로 밭두둑을 반듯하게 만들기 시작했다. 오전에는 잠잠해도 정오가 지나면 바람이 불어 두둑에

비닐을 씌우려면 여간 불편한 게 아니다. 바람 없는 오전에 감자를 심고 비닐로 두둑을 덮어야 하니 서둘러야 한다.

잘 만들어진 밭두둑에 감자를 심는데 까치 예닐곱 마리가 은행나무 가지에 드문드문 앉아 이야기하고 있다. 물론 나는 알아듣지도 못하지만, 대화가 긴 것을 보니 아마도 어제의 끔찍한 사건을 이야기하며 대책을 세우는 것 같다.

어제도 오늘처럼 평화로운 날이었다. 동네에 봄 햇살 가득하고 바람기 없는 오전, 나는 삽으로 감자 심을 곳을 파기 시작했다. 물론 까치들이 가끔 저희의 집을 들락거리다가 깍깍 짖기도 하며 하루가 지나고 있었다. 겨우내 쉬던 몸으로 중노동을 한나절 하니 시장도 하고 힘에 부쳐 밭에서 나와 마당에 있는 의자에 앉았다. 흘린 땀을 식히는데 그때 갑자기 비명 비슷한 다급한 소리가 주위에서 크게 들렸다. 깜짝 놀라 일어나서 들레둘레 살피며 얼른 까치집을 올려다보았다. 까치집은 조용한데 우리 집 뒤쪽에서 연이어 깍, 까악 여러 마리의 까치들이 크게, 아주 크게 짖어대는 게 아닌가.

무슨 일이 일어나기는 났구나 싶어 마당을 질러 조금 큰 길로 나갔다. 아니 이게 웬일인가. 우리 텃논 상공에는 어디서 날아왔는지 까치 이십여 마리가 날고 있는데 그 한 가운데를 몸집이 큰 매가 휘저으며 다니고 있었다, 이 일을 어쩌는가. 나는 급히 집으로 달려가 긴 장대를 들고 다시 뛰쳐나왔다. 장대를 높이 치켜들고 '훠이 훠이! 이놈! 안 돼, 안 돼!' 하며 고함을 질러 댔다. 그러나 매는 그중 한 마리의 까치를 낚아챈 채 유유히 달아나고 있었다. 남은 까치들은 소리를 질러대며 한동안 상공을 맴돌았으나, 짖는 소리는 점점 힘을 잃고 끼익끼익 갈라질 뿐이었다. 눈앞에서 순식간에 벌어진 일은 내게 생전 처음 겪는, 비정한 약육강식의 현장이었다. 충격에 한동안 그 자리에 서 있다가 장대를 든 채 천천히 돌아섰다. 가슴이 어찌나 쿵쾅쿵쾅 뛰는지 손으로 쓸어내려도 진정이 안 되었다. 이웃의 위급함에 힘을 다하여 거들기는 했지만 도움이 못되어 얼마나 안타까웠는지…. TV 속 〈동물의 왕국〉에서 가끔 이런 걸 보기는 했어도 가까이서 보니 아주 끔찍했다.

하루가 지났어도 도망가는 까치를 따라가서 와락 채던 매가 자꾸만 눈에 밟히고 남은 까치들의 슬픈 울음소리가 귀에 들리는 듯하다. 조용하던 집안에 이런 악재가 있었으니 어찌 가족 대책 회의가 없으랴. 은행나무 가지 위에 앉은 까치들의 이야기는 한동안 계속되었다.

아마도 이십여 년 전에 지어진 까치집으로 기억된다. 이 집에서 그들은 몇 년을 살다가 이 층으로 증축을 하였다. 그 후 몇 년을 지낸 후 옆에 가까이 있는 큰 나무 위에 또 한 채를 덩그렇게 지으면서 대가족이 되었다. 그때만 해도 시골 사람들은 이삼 대가 보통 한집에서 살았다. 까치도 지금처럼 동네에서 흔한 동물이었고 그냥 길조로만 여기며 신경 쓰지 않았다. 그러는 동안 세월이 흘러 우리들의 자녀들은 성장하여 도시로 나갔고 지금은 나이 든 어른들만 농사를 짓고 산다. 그러니까 한집에 한 분 아니면 두 분이 사는 조용한 시골 동네이다, 마실을 가지 않으면 말 상대가 없는지라 눈만 뜨면 온종일 보게 되는 까치와 자연스레 친숙한 이웃사촌이 되고 말았다.

특히 까치는 산에서도 살지만, 밭둑 나무 위에 집을 짓고 인가와 가까이서 살고 있다. 나무에 있는 벌레를 잡아주는 이로운 새이기도 하며 유정의 동물이니 사람들에게 칭송을 듣기도 한다. 이렇게 마을 사람들과 가까운 사이로 그동안 무탈하게 잘 살았다. 그런데 '가지 많은 나무에 바람 잘 날 없다'고 한 식구를 잃었으니 그 슬픔이 얼마나 클지 상상이 간다.

그 와중에도 이웃사촌까지 걱정한 까치가 대견스럽다. 새 중에서도 까치는 지능이 꽤 높다고 한다. 바깥마당을 사이에 두고 나와 이웃한 지가 꽤 오래되었다. 내 모습과 새벽에 일찍 일어나는 습관 정도는 훤히 알고 있는데 웬일인가 하여 문 앞까지 다가온 거다. '자라보고 놀란 가슴솥뚜껑 보고 놀란다'라는 속담이 있는데 맞는 말이다. 올봄에는 집을 삼 층으로 증축하든지 아니면 옆에도 큰 나무가 있으니 거기에 집을 한 채 더 지어 식구가 대폭 늘어났으면 좋겠다. 그래서 막강한 힘을 키워 어떤 위험이 와도 이겨내야 한다고 생각한다.

정오쯤에 감자를 다 심고 두둑에 비닐도 씌웠다. 가지고 나간 농기구를 들고 집으로 향하는데 등이 따뜻하다. 까치집을 올려다보니 봄볕을 받으며 조용하고 평화로운 기운이 감돈다. 모든 회의가 끝나고 일상으로 돌아온 듯하다. 다가오는 나날들이 내내 안녕하기를, 이웃사촌 가정에.

이웃사촌 2

조반을 짓는 중에 밖으로 나왔다. 현관 앞 텃밭에는 상추와 마늘, 파가 자라고 있어 밥하다 말고 몇 번씩 나가서 채소를 뜯고는 한다. 동쪽 산마루 너머로 해가 방금 떨어져 나와 동네를 비추고 날은 아주 상큼하다. 어제 비가 와서 더 그렇다. 상추 잎사귀에 매달린 이슬방울들은 마치 보석처럼 반짝인다. 오늘도 싱그러운 하루가 시작이다.

상추를 뜯어 들고는 일어나는데, 텃논 건너에 사는 형님이 어느새 왔는지 내 곁에 우뚝 서서 빙긋 웃음을 띠고 있는 게 아닌가. 묵직해 보이는 검정 비닐봉지를 들고는 말이다.
“아니, 형님 웬일이세요? 이른 아침부터요.”
그러자 가져온 봉지를 내게 건네면서 이야기한다. 오늘이 못자리하는 날이라고. 해마다 이맘때면 논농사의 시작인 못자리를 한다. 그것도 한 집 몫만이 아니라, 논이 적어 함께 못자리를 해야 하는 몇몇 집이 모여 치르는 일이다. 이날이면 음식이 푸짐하고 정이 넘친다.

물론 형님네는 농사처가 아주 많다. 집 옆에는 대형 비닐하우스가 두 채나 있고 그중 한 곳에서 못자리를 하는데 아침 일찍 시작하여도 오후가 다 되어서야 끝난다. 점심은 여자들이 함께 장만해 이웃들과 나눠 먹는다. 새참도 빠지지 않는다. 팥시루떡을 넉넉히 쪄서는 이웃들에게까지 죄다 돌리는데, 지금 그 떡을 가지고 온 것이다.

우리 집 논농사는 시동생이 맡아 짓는다. 그래서 못자리는 하지 않고 해마다 아줌마네 집에서 점심과 새참만 얻어먹는다. 이것도 해마다 거듭되니 여간 미안한 게 아니다. 오늘의 새참을 받으며 말했다.

"형님, 오늘은 저도 한몫 일을 거들어 새참값을 해야겠어요. 매년 염치가 없어요."

그러자 형님은

"벨 소리를 다 허네. 그런 걱정하지 말어. 일꾼들은 넘치니까."

하며 손사래까지 화화 치고는 돌아갔다. 건너다보니 벌써 비닐하우스 앞에는 동네 사람들이 모여 기계를 나르고 볍씨 가마니를 옮기느라 분주하다.

느긋한 봄날, 하늘에는 엷은 구름이 퍼져 있고 한낮에는 따사로운 햇볕이 동네 가득할 것 같다. 내가 새댁일 때만 해도 봄이면 집마다 각자 논에 품앗이로 못자리를 했다. 우리 집의 경우는 모를 대엿새 정도 심었다. 모내기 후에도 논 풀매기를 서너 차례 하는 것이 기본이었다. 그뿐인가, 농약도 여러 차례 뿌려야 했고, 지금보다 일손이 훨씬 더 들었다. 그 많은 일꾼의 새참과 점심을 머리에 이고서는 먼 곳의 논에까지 날랐는데 어찌 그 일을 다 감당하고 살았는지 지금은 생각만 해도 아찔하다.

세월이 흐르는 동안 농촌에도 문명의 혜택이 찾아왔다. 농기계가 많아졌고, 가전제품도 널리 퍼졌다. 지금은 논두렁도 반듯하고 농로도 넓어 기계가 쉽게 드나든다. 모내기나 벼 베기에도 많은 일꾼이 필요 없다. 기계로 모를 심으면 일꾼은 서너 명이면 충분하다. 점심은 읍내 식당에서 해결한다. 우리 집 모내기 날이면 나는 논두렁에서 지켜보며 새

참으로 간단한 주스나 과일만 준비한다.

내가 시집와 자녀들이 자라는 동안에는 정말 할 일이 많았다. 모내기 첫날이면 일꾼들 점심을 챙긴 뒤, 으레 이웃 아주머니들을 초대하여 안방에 가득하게 모시고는 점심을 대접하였다. 그러면 아주머니들만 오는 것이 아니라 집에 있는 조무래기들까지 죄다 와서 얼마나 시끌벅적했었는지 모른다. 그렇게 온종일 종종걸음을 치고 저녁 설거지를 하면 꽤 밤이 깊었는데, 젊었을 시절이라 푹 자고 나면 몸이 거뜬했었다.

그 시절에는 시골에 삼대, 사대가 함께 살았다. 우리 집처럼 농사처가 많은 집의 맏며느리였던 나는 매일 고된 일을 감당해야 했다. 오늘 못자리를 하는 형님도 나처럼 그런 삶을 살아낸 이웃사촌이다. 이웃이 된 지 벌써 오십 년 가까이 되었고, 나보다 몇 살 위지만 함께 나이 들어가는 오래된 정든 이웃이다. 지금도 종종 만나 옛이야기를 나누면서 그래도 그때가 우리 생애에 전성기였다고 말한다.

햇살이 동네에 가득하고 텃논 건너 비닐하우스에서는 여럿이 못자리를 하면서 나누는 이야기 소리가 우리 집까지 들린다. 이웃까지 들썩거리도록 큰 웃음이 여러 번 들리고 해가 중천에 왔을 즈음 전화벨이 울린다.

"은호 엄마, 얼른 와. 점심 먹는 시간이구먼."

어김없는 호출이다. 일하지도 않았는데 먹으러 오라 하니 여간 미안스러운 게 아니다. 가지 않으면 다시 전화가 올 테니 어쩔 수 없이 집을 나섰다.

점심상은 여느 해처럼 푸짐하다. 밭둑에서 뜯은 각종 봄나물 무침은 밥도둑이고, 여럿이 먹으니 밥맛도 꿀맛이다. 점심을 먹는 사람 중에 나처럼 일은 안 하고 온 이웃사촌도 대여섯 명, 웃음과 수다가 오가고 하니 식사 시간도 자연히 길다.

어느새 하늘의 중간쯤에 가 있던 해는 서편으로 기울어 뉘엿뉘엿 서산을 넘으려 한다. 텃밭에서 풀을 매다가 건너편 비닐하우스를 건너다보니 일꾼들이 하나둘 일을 마치고 집으로 돌아간다. 오토바이나 자전거를 타고 집으로 가는데 이들 손마다 검정 비닐봉지가 들려 있다. 암만해도 아까 새참으로 먹던 팥시루떡이 남아서, 나눠 주는 걸 좋아하는 형님이 또 챙겨 준 모양이다.

옛말에 시작이 반이라고 했다. 못자리를 마쳤으니 올해 논농사도 절반은 지은 거나 다름없다. 젊은이들이 적은 농촌이지만 각종 농기계가 효자 노릇을 톡톡히 하고 있으니 얼마나 다행인가. 오늘 하루 수고한 일꾼들은 하나같이 예순 중반을 넘거나 팔십이 넘은 어르신들이다. 주홍빛 고운 노을빛 속에서 웃음을 지으며 집을 향하는 발걸음들이 가볍고 참 평화롭다.

정(情) 1

투명한 햇살이 집 안에 가득하다. 초봄인지라 한기가 도는 아침나절, 호미를 들고는 냉이를 캐기 위해 마당을 지나 묵은 밭으로 들어섰다. 냉이가 지천으로 깔린 밭, 햇살 받은 서리가 숨을 죽이니 땅은 한결 부드러워지면서 향긋한 봄 내음이 진동한다. 그동안 부지런만 떨었으면 냉이를 캐다가 오일장에 나가 팔아서 돈도 벌고 봄나물도 실컷 먹었을 것이다. 그런데 그동안 구들장만 지고 살다가 오늘에서야 우리 집 식탁에 봄나물이 올려질 것 같다.

눈부신 햇살이 동네에 골고루 부서진다. 텃논 건너 둠벙에서는 영이네 집 오리들이 노니는 소리가 꽤에꽥 들려온다. 이장네 마당에서는 동네 장한 서너 명이 무슨 공론이라도 하는지 아까부터 두런대고 있다. 읍내로 나가는 큰길에서는 윗마을에 사는 기봉이 할머니가 굽은 허리를 하고는 읍내 쪽으로 살금살금 걸음을 놓는다. 지난여름부터 무릎이 아파서 고생하더니, 일찍 나선 것을 보니 아마도 물리치료를 받으러 가는가 보다.

얼마나 냉이 캐는 데 열심이었는지, 푹 자쳐진 햇살이 등에 따갑게 와 닿는다. 일어나 허리를 펴 보니 어느새 바구니에 냉이가 수북하다. 우리 두 식구가 아니라 네댓 식구도 실컷 먹을 듯하다. 윗집에 혼자 사는 아저씨에게는 냉이 무침을 해서 주고, 옥이네 형님에게는 그냥 냉이로 줘야겠다. 냉이 바구니를 겨드랑이에 끼고는 밭둑에서 내려서 형님네로 향했다.

형님 집 바깥마당에 들어서니 마당 귀퉁이 돼지우리 옆에 붙어 있는 외양간이 썰렁하다. '웬일이지?' 항상 집채만큼 큰 몸집의 누렁소가 왕방울처럼 커다란 눈을 굴리며 나를 물끄러미 바라보고는 했었다. 휑하게 치워진 외양간의 한쪽 구석에 지게가 놓여 있고 그 옆에는 비료 포대가 나란히 쟁여 있다. 대문 턱을 넘으면서

"형님….."

하고 길게 부르자

"으응, 누구여어. 어찌 이렇게 삭신이 쑤시는가?"

내 목소리를 들었는지 형님이 힘없는 목소리로 구시렁거리며 부스스 일어나는 소리가 방 안에서 들린다. 미닫이를 힘겹게 밀면서 얼굴을 내미는데 몰골이 이만저만이 아니다. 이마에 수건을 동여맸는데 머리는 헝클어지고 눈꺼풀은 푹 꺼졌다.

"아니, 형님 이게 웬일이세요? 병이 단단히 나셨나 봐요?"

근심스런 목소리로 묻는데 형님 얼굴은 어둡기만 하다. 팔십에 가까운 형님, 자녀들은 도시에서 살면서 가끔 내려오고 이웃사촌들을 의지하며 살아간다. 순박하고 인정이 많아 사람을 보면 항상 반가워하는 분이다. 어쩌다가 이런 병이 났으며 외양간의 누렁이는 어디 갔는가.

"형님 왜 외양간이 비었는가요?"

하고 묻자, 형님의 얼굴이 더욱 어두워지며 '휴우…' 한숨을 길게 쉬더니 말을 잇는다. 지난 대목장 날 소를 팔았노라고, 더듬더듬 말을 한다.

"그러니까 작년부터 큰아들이 누렁이를 자꾸만 팔자는 거야, 거두기가 힘들다고. 하지만 나는 절대 안 된다."

단호한 음성으로 말하고는 잠시 있다가

"나는 누렁이랑 둘이 사는데 누렁이를 팔면 혼자 어찌 사냐. 누렁이 거두는 재미로 하루해를 보낸다. 이렇게 말해도 이번에는 소용없더라고."

실은 그동안 나도 형님의 자녀들로부터 누렁이 거두는 일을 걱정하는 소리를 여러 번 들어 왔다. 여물을 썰어서 먹이고 두엄을 치워야 하고, 또 누렁이 덩치가 산만큼 크다 보니 그만큼 돌보기가 어려웠다. 이런 고된 일들을 팔십을 앞둔 형님이 하기에는 힘에 부치게 보일 수도 있다. 그렇지만 형님은 전혀 힘들어하지 않았다. 아침에 눈 뜨자마자 여물을 가져다가 구유에 부으면서 누렁이랑 이야기도 곧잘 했다.

"잠을 잘 잤느냐, 아침밥 잘 먹어라."

라는 등 누렁이의 목덜미와 등을 쓸어주면서 대화하는 것이 그날의 첫 번째 일과였다. 또 겨울이 되면 방한복까지 만들어 입히곤 했다. 어른들 말씀에 '들어오는 정은 몰라도 나가는 정은 크다'고 했다. 자녀들의 강한 성화에 못 이겨 결국 누렁이를 팔기는 했지만 그 허전함이 얼마나 크겠는가….

아마도 형님은 마음이 심히 상하여 병이 되었나 보다. 입술도 트고, 마른 이마에 푸른 정맥만 솟은 얼굴이 더욱 초라해 보였다. 나는 위로의 말을 한동안 찾다가 누렁이는 그래도 짐승이니 시간이 지나면 잊게 될 거라고 했다. 그러자 형님은,

"잊기는, 은호 엄마. 내 정신 좀 보라고오. 옛말에 '정신없는 늙은이 죽은 딸네 간다'더니 글쎄 누렁이를 팔고서도 아침에 일어나자마자 삼태기를 들고 여물을 가지러 간다니까."

여기까지 말하더니 갑자기 머리에 동여맨 수건을 푼다.

"그렇게 하기를 며칠간 했으니 내가 정신이 있는 것인지 없는 것인지 모르겠어."

형님이 버릇처럼 며칠 동안 한 일이 어처구니가 없다는 말이다. 그 말이 끝나고 나니 나는 얼마 전, 내가 겪은 어이가 없던 일이 생각났다. 바느질을 하려고 돋보기를 찾으니 없는 것이다. 여기저기 아무리 둘러봐도 없길래 주방에 혹시 있나 하여 나가다가 벽에 걸린 거울을 보고 그만

실소하고 말았다. 이미 돋보기를 쓰고 있는 게 아닌가. 이 이야기를 들은 형님은 피식 웃음을 지으며

"자네도 그럴 때가 있나 보네."

그러고는 다시 얘기를 이어갔다.

"누렁이는 나한테 효도를 많이 했어. 나랑 십 년 넘게 살면서 새끼를 다섯 마리나 낳아줬지. 그래서 자식들이 주는 용돈을 마다할 수가 있었어."

한동안 이야기를 주고 받으니 형님의 얼굴에 조금 생기가 돈다.

형님은 거미 다리 같은 손가락으로 쑤석쑤석한 머리를 쓸어올리다가, 얼굴까지 쓱쓱 문지른다. 몸져누웠던 자리를 털고 일어날 모양이다. 진작에 마실을 와 볼 것을…. 구정을 지내고 게으름을 피우는 동안, 이웃 형님이 혼자서 이런 애잔한 정에 몸살을 앓고 있을 줄이야.

혼자 가는 길

　구름 가득한 잿빛 하늘 금방 눈이라도 펑펑 쏟아부을 듯하다. 그도 그럴 것이, 올겨울로 들어서 눈이 제대로 내린 적이 없어 오늘은 하늘이 잔뜩 벼르고 있는지도 모른다. 점심때가 되어서 겨우 밖으로 나왔다. 으레 겨울이 되면 몸도 마음도 느슨해지고 농번기 때 못 읽은 책을 들추면서 시간을 보내다 보면 한나절은 금방 지난다. 거기다가 날씨라도 흐릿하면 더 집 안에만 머물기 마련이다.

　우리 집 바로 뒤에는 두 이웃이 산다. 한 집은 나보다 나이가 다섯 살 위인 형님이 사셨기에 무척 가까운 이웃사촌이었다. 매일 만났고 색다른 음식이 있으면 나누었던 것은 물론이다. 형님은 아침 식사 후 으레 읍내 병원으로 가서 물리치료를 받았는데 이건 암만해도 습관성인 듯 생각되었다.

　형님 나이 팔십, 아저씨는 다섯 살 위이다. 그런데 지난 늦가을 김장과 농사일을 다 마치고 평상시와 같이 병원에 가다가 갑작스레 형님이 돌아가셨다. 병석에 누운 것도 아니고 식사를 거르지도 않고 단지 무릎과 허리가 불편하여 받는 물리치료가 전부였는데 코앞에 죽음이 있을 줄이야…!

이 일이 있었던 후, 평소에는 나이를 별로 의식하지 않고 살던 나도 인생이 허무함을 느끼게 되었다. 어느덧 세월의 뒷모습이 저만치 빠져나간 것 같기도 하다. 언뜻 어느 책에서 읽은 글귀가 생각났다. 영국의 극작가 '버나드 쇼'의 묘비명에는

'우물쭈물하다가 내 이럴 줄 알았다.'

라고 씌어 있다고 한다. 자신의 묘비명에 이런 덧없는 인간사를 솔직하게 털어놓은 것이다. 누구든 삶의 종점에 이르면 욕심을 내려놓고 맨몸을 드러내듯 솔직해질 것이다. 하루하루 순간마다 세월을 헛되이 보내는 일이 얼마나 많은가. 이웃 형님의 죽음과 '버나드 쇼' 묘비명의 글귀는 많은 생각을 가져왔다.

문밖을 나와 흐린 겨울 하늘을 올려다본다. 날씨라도 쾌청하면 기분도 맑아질 텐데 달포 전에 저세상으로 가신 형님이 또 생각난다. 두 분이 비둘기처럼 살지는 않았지만, 자녀들 장성하여 결혼생활과 직장생활을 잘하기에 별걱정이 없는 노후를 보내고 있었다. 나이야 요즘 평균 수명에 가까웠지만 누군들 오래 살고 싶은 마음이 왜 없었겠는가. 슬슬 발

걸음을 형님 집 쪽으로 놓았다. 마침 아저씨가 대문 앞에 나와 있다. 몇 걸음을 더 다가가 보니 날씨가 추운데도 잠바를 입지 않고 목도리도 없이 썰렁한 모습이다. 내가 다가가는 줄도 모르고 하늘에 시선을 주고는 멍하니 서 있는데 무언가를 주시하는 듯하다. 나도 하늘을 올려다보았다. 아니나 다를까 마침 기러기 떼가 무리 지어 질서 있게 북쪽을 향해 날아가는 것이 무척 정다워 보였다.

아저씨 곁으로 다가가자 나를 발견한 아저씨, 얼굴빛이 금세 누그러진다.

"아저씨 요즘 어떻게 지내세요?"

하고 물으니

"응, 그럭저럭 지내지."

아주 힘이 없는 목소리이다.

"아저씨, 날씨가 차가우니 들어가세요. 잠바도 안 입으시고."

아저씨 등을 밀면서 현관문을 열었다. 거실로 들어서니 여기저기 살림들이 어수선하여 산만한 모습이다. 주말에 자녀들이 와서 도와주지만 어찌 그것으로 원만한 생활이 될 수 있겠는가. 가까이서 보니 아저씨 얼굴은 많이 수척해 있다. 이런저런 이야기 중

"사는 게 사는 게 아니지."

라고 한다. 눈만 뜨면 곁에서 이모저모 살펴 주던 아내가 없으니 그도

그럴 것이다. 부엌엔 한 번도 들어가 본 적이 없었는데 밥은 먹어야 하고 하는 수 없이 주방을 드나들며 온종일 빈집에 혼자 있으니 얼마나 적적하실까. 더구나 밤이 긴 요즘은 하루가 무척이나 지루하다고. 부엌일은 시간이 지나면 손에 익숙하겠지만 가슴이 텅 비어 허전한 마음은 어쩔 수 없을 것이다. 팔십 평생의 동고동락이 무너졌으니….

그러나 시간이 지나면 어둠이 조금씩 눈에 익듯이 삶의 의욕도 생길 것이다. 세월이 약이라고 하지 않았는가? 당장은 어렵지만 모든 일은 담담히 받아들이는 게 순리이다.

이런저런 이야기를 한동안 하던 아저씨, 갑자기 벌떡 일어나 주방으로 향한다. 냉장고 문을 열면서 두리번거리다가,

"할멈이 없으니 마실 것이라곤 하나도 없네. 은호 엄마 음료수라도 줘야 하는데."

하며 냉장고 문을 탁 닫는다. 외로움 속에서도 평상시 베푸는 습관은 잊지 않고 있다. 허전했던 마음이 조금은 후련한가 보다.

집 안에서의 해는 졌지만 길이 남았으니 어쩌겠는가. 노을빛 속에 견딤의 힘을 다져 혼자 사는 법을 스스로 익혀야 한다. 인간은 언제나 외로운 존재이며 누구든 혼자 가는 거니까.

제3부
사랑하는 이웃의 온기

아저씨의 속마음을 아는지 모르는지 자전거 뒤에 묶여 있는 허수아비는 진흙 범벅인 얼굴로 눈을 부릅뜬 채 하얀 이를 드러내며 웃고 있을 뿐이다.

모성애

해가 길어지는 오월의 끝자락, 하지가 한 달이나 남았건만 낮이 매우 길다고 느껴진다. 아침 여섯 시면 훤히 밝아져 늦잠을 잘 수가 없다. 텃밭에서 푸성귀를 뜯으려고 나서니, 길바닥엔 송홧가루가 노랗게 깔려 있다. 잠에서 깨어난 상추며 쑥갓, 시금치가 촘촘히 박혀 있는 틈을 비집고 뿌리째 솎아 냈다. 그러자 밤새 머금었던 이슬방울이 손등에 살며시 쏟아진다.

마을 동쪽에 자리한 꽃산 너머로 아침 해가 막 떠오르고, 논두렁마다 삽을 들고 뒷짐을 진 농군들이 듬성듬성 서 있다. 남편은 들에서 돌아와 아침을 먹고 출근했고, 나는 수요일 아침이면 꼭 챙겨보는 프로가 있어 TV 앞에 앉았다. 〈아침마당〉의 코너 '그 사람이 보고 싶다'이다. 오래전에 헤어진 가족을 찾는 내용이다. 어떠한 이유에서든지 헤어졌던 부모와 자식이 오랜만에 만남이 이루어지는 날이면 나도 모르게 목젖이 아파 온다. 그리고 가슴이 저리며 주체할 수 없는 눈물이 흐르기도 한다. 때로는 방송을 보던 중 출연자가 찾던 가족에게서 전화라도 걸려 오면,

숨이 죽여지고 가슴이 꽉 막혀 오기도 한다.

오늘 방송엔 오십 줄의 여성이 출연해, 어릴 적 미국에 입양되면서 헤어진 큰언니와 부모를 찾고 싶다고 했다. 한국말을 능숙하게 하는 걸 보니, 꽤 자란 후에 입양된 모양이다. 눈이 크고 서글서글한 미인인데, 마이크 앞에 서자마자 눈물이 그렁그렁 차올라 손등으로 얼굴을 연신 문지른다. '이러면 안 되는데' 속으로 중얼거리며 고개를 돌렸다가 다시 화면을 보며 눈물을 훔쳤다.

사회자가,
"진정하고 차분히 이야기를 꺼내주세요."
라며 다독이듯 말하자, 그녀는 울음 섞인 목소리로 이야기를 시작했다. 몇 번이나 끊겼다 이어지기를 반복하다가 마지막엔
"부모님, 언니 보고 싶어요. 꼭 연락 주세요."
그렇게 울음을 쏟으며 방송은 끝났다. 나이가 들수록 가족이 그리워 고국을 찾았다고 하는데, 꼭 만나지길 바라는 마음이 절로 들었다. 나도 모르게 한숨까지 '후유' 하며 길게 쉬었다.

한 시간 동안 다섯 명이 가족을 찾았지만, 오늘은 누구에게도 전화 한 통 걸려 오지 않았다. 사연을 들을 때마다 감정을 수습하지 못하였기에

얼른 거울을 들여다보았다. 아니나 다를까, 눈은 충혈되고 눈물 자국은 그대로다. 욕실에 들어가 얼굴을 씻고 나서야 밖으로 나섰다.

벌써 오전 햇살이 퍼지고, 날씨는 점점 더워지고 있었다. 바깥마당 귀퉁이에서 무언가를 쪼던 참새 떼가 내 발소리에 놀라 일제히 푸드덕 날아올랐다. 그때, 뒷집에서

"움머어, 움머, 우우움."

하며 어미 소가 새끼를 찾는 소리가 들렸다. 어제 저녁부터 아직 계속이다. 어제 읍내 장에 나가 송아지를 팔았기 때문이다. 그 모습이 궁금하여 뒷집으로 향하는데, 마침 이웃 아저씨가 주머니에 손을 찌른 채 우리 집으로 오고 있다. 나와 마주치자 아저씨는 대뜸

"은호 엄마, 또 울었구먼. TV 보면서⋯. 나이가 들어도 어쩔 수 없네. 우리 소도 우는데 어서 가서 보소."

한다. 얼굴은 씻었지만 충혈된 눈은 감추지 못하여 표가 났나 보다. 손등으로 얼굴을 한 번 더 문지르며 뒷집으로 향했다. '움머, 움머' 소리가 연거푸 들리는데 오늘은 한결 목소리가 거칠고 힘이 없다. 어제가 읍내 장날이라 아저씨가 새벽에 나가 새끼를 팔고 온 뒤로 어미 소는 쉼 없이 새끼를 찾는다. 목이 쉬어 소리가 나오지 않을 때까지 찾는 것이 소의 본성으로 알고 있다.

뒷집 대문에 들어서자 어미 소의 지쳐 우는 소리가 집 안을 흔든다. 천천히 외양간으로 다가가다가 흠칫, 걸음을 멈췄다. 어미 소의 왕방울 만한 큰 눈엔 눈물이 가득 담겨 있고, 한 번 깜빡이면 눈물이 주르륵 흐를 것 같다. 얼굴은 축축이 젖어 있고 입가엔 흰 거품이 물려 있다. 구유에 가득 담긴 여물엔 입도 안 댄 채 수북이 담겨 있다.

소의 모성애는 덩치 만큼이나 크다. 새끼를 낳자마자 혀로 핥아 온몸을 깨끗이 씻기고, 대소변도 받아먹는다. 송아지가 밖이라도 나가 잠시라도 안 들어오면 그 큰 눈동자를 이리저리 굴리며 밖을 연신 내다보다가 큰 소리로 부른다. 그런데 아예 장에 나가 팔아 버렸으니, 식음을 전폐하고 밤새 찾을 수밖에 없는 일이다.

소의 자식 사랑은 이 세상 어떤 것으로도 비길 수 없다. 짐승이지만 사람 못지않은 모성애가 있다. 그러나 사람도 짐승도 결국은 자식이 부모 곁을 떠나기 마련이다. 목이 쉬도록 불러도 모습조차 보일 기미가 없으니 이제 포기해야 할 것이 아닌가.

나는 조용히 어미 소에게 한마디 말을 건네야겠다고 생각했다. 소에게 다가가

"인제 그만 아기를 찾게나. 사람도 자식을 낳아 기르다가, 나이 들면

새살림을 내듯 자네도 새끼를 끼고 마냥 살 수는 없지 않은가? 어서 여물도 먹고. 오래 이러고 있으면 주인한테 좋은 소리 못 듣지, 다음 새끼도 가져야 하고.”

말을 건네자, 소가 멍하니 나를 바라본다. 한참을 소 앞에 서 있다가, 돌아서 나오면서 대문을 넘기 전 다시 돌아본다. 소는 나를 여전히 바라보고 있다. 꼭 내 말을 알아들은 눈빛이다.

집으로 돌아가는 길, 텃밭 둑엔 심지도 않은 유채꽃이 만발하였다. 정오를 넘어 종일토록 이웃은 조용했다.

긴 하루가 지나 해가 서산마루에 걸려 있는데 하늘이 온통 붉은 빛이다. 서쪽 하늘의 노을을 바라보다가 갑자기 뒷집 어미 소가 궁금해졌다. 급히 저녁상을 차려놓고 다시 뒷집으로 잰걸음에 올라가 대문 틈으로 외양간을 훔쳐보았다. 구유에 가득했던 여물은 말끔히 사라졌다. 아침까지 쉰 소리로 새끼를 부르던 어미 소는 외양간 한편에 큰 덩치를 철푸덕 부린 채 꾸벅꾸벅 졸고 있었다. 배시시 소리 없는 웃음을 띠면서 돌아오는데 붉게 물든 저녁 하늘이 조용히 내려앉고 있었다.

돌아온 허수아비

맑고 따가운 가을 햇살이 마당에 가득하다. 며칠 전 끝물이 된 고추를 두어 바구니 따두었는데, 말리는 일이 여간 번거로운 게 아니다. 어제도 태풍이 지나며 비를 뿌려대는 바람에, 고추를 마당에 널었다가 방으로 들여놓기를 여러 번 하였다.

정오의 강한 햇빛을 받은 붉은 고추는 유난히 반들거리는데, 뒤적일 때마다 매콤한 향이 코를 찌른다. 이렇게 가을볕이 좋아야 고추 말리기도 좋을 뿐만 아니라 농작물도 잘 영글 텐데…. 올해 또 큰 비가 오겠는가. 그렇게 강한 태풍이 몇 차례나 지나갔으니 말이다.

고추 뒤적이기를 마치고 멍석 끝자락에 앉아 텃밭에 시선을 주다가 파란 하늘을 올려다보니 안심이 된다. 사납던 태풍과 폭우로 밭작물들은 죽을 고비를 넘기고 가을빛을 받으며 간신히 고개를 드는 듯하다. 정수리가 따가운 줄도 모르고 한동안 앉아 있다가 슬그머니 일어났다.

누르스름한 빛을 내기 시작한 텃논의 벼가 오늘따라 더욱 잘 익어가는 구수한 냄새를 풍긴다. 비가 갠 뒤라 날씨도 청명하다. 그런데 읍내 쪽 큰길에서 정이네 아저씨가 자전거를 끌고 천천히 다가오고 있다. 자전거 뒤에 뭔가가 실려있다. 평소 씽씽 달리던 모습과 달리 걸음이 느리고, 얼굴은 잔뜩 구겨져 있다. 입을 굳게 다문 채 땅만 바라보며 오는 걸 보니, 아무래도 아저씨네 논이 태풍 피해를 크게 입은 것 같다.

우리 집 앞을 지날 때마다 나를 보면 항상 환히 웃으며 안부를 묻곤 했다.

"어제 심던 고추는 다 심었나?"

"오늘은 날씨가 궂을 것 같다."

"객지에 있는 아들은 잘 있는가?"

이런 해도 되고 안 해도 되는 말을 건네며 잠깐이라도 이야기를 나누곤 했었다. 그런데 오늘은 그 밝던 모습 대신 깊은 그늘이 드리운 얼굴이다. 아저씨가 가까이 오기를 기다렸다.

자전거 뒤에 실린 것이 무엇인지 궁금해 다가가 보았다. 그것은 얼마 전 아저씨가 지게에 지고 운반해 논에 세웠던 허수아비다. 옷이 다 찢어지고 엉망이 된 채로 실려 있는 허수아비를 보니 태풍의 흔적이 고스란히 느껴졌다.

사실 우리 동네에서 논이나 밭에 허수아비를 세우는 사람은 이제 거의 없다. 허수아비가 들판에서 사라진 지도 벌써 여러 해가 지났다. 그런데도 정이네 아저씨는 초가을이 되면 어김없이 허수아비를 만들어 들로 옮기며 이렇게 말하곤 했다.

"허수아비는 꼭 내 식구 같아서 말이야…."

예전에는 벼가 누렇게 익어갈 즈음 몰려드는 참새 떼를 쫓아야 했다. 그래서 허수아비뿐만 아니라 논배미마다 깡통이나 반짝이는 나일론 끈을 매달아 새를 쫓는 모습을 흔히 볼 수 있었다. 하지만 지금 그런 풍경은 자취를 감췄다. 가을날 정겹던 시골의 한 풍경이 시대의 변화에 따라 옛 추억으로 사라진 것이다.

한 보름 전쯤이었을까? 말끔하게 옷이 잘 입혀진 허수아비를 지게에 진 채 자전거를 타고 아저씨가 우리 집 앞을 지나갔다. 그 모습이 어찌나 우스웠던지 나 혼자 허리를 굽히며 웃었다. 이웃에 사는 바다 엄마라도 있었다면 함께 웃으며 이야기를 나누었을 것이다. 그러나 대낮에는 이웃의 젊은이들이 대부분 일터에 나가 있어 나는 혼자 웃을 수밖에 없었다. 지금 생각해도 입가에 절로 웃음이 지어진다. 그렇게 호강하며 논으로 일을 나갔던 허수아비가, 며칠도 못 되어 초라한 모습으로 자전거 뒤에 실려 오면서 아저씨를 시무룩하게 만들고 있었다.

오늘은 내가 먼저 아저씨에게 말을 걸었다.

"태풍으로 논에 벼가 많이 쓰러졌던가요?"

하고 묻자 아저씨는 굳게 다물었던 입을 열며 말도 말라며 손사래를 홰홰 친다. 논 한 배미에 심었던 찰벼가 전부 엎어졌고, 논 한가운데 세워 둔 허수아비도 함께 쓰러졌다고 한다. 옷은 다 찢어지고 한쪽 팔은 시궁창에 깊이 콱 박혀 있었다며 간신히 끌어냈다고 한다. 벼가 엎어진 것도 마음이 상했겠지만, 가족처럼 여겨 온 허수아비가 그렇게 형편없는 몰골이 된 걸 보고 어찌 속이 편하랴.

나는 자전거 뒤에 실린 허수아비의 참혹한 모습을 한동안 쳐다보았다. 그러고는 내년부터는 허수아비를 그만 만드시라고 했다. 참새떼들도 허수아비를 안 무서워하고 다른 사람들도 별로 신경 쓰지 않으므로. 그러자 아저씨는 굳었던 얼굴을 조금 펴며,

"나도 그렇게 생각하네. 사실 이번이 마지막이다라고 생각하며 허수아비를 만들어 세웠는데, 태풍에 이렇게 쫓겨오니 아주 섭섭하구먼."

한다. 그러면서 이어지는 말이

"해마다 추석이 되면 도시에 사는 손주 손녀들이 오지 않는가? 그러면 나는 추석날 아침에 차례를 지내고 성묘를 다녀오는 길에 으레 아이들을 데리고 논 구경을 갔었지."

여기까지 말을 하고 후유 한숨을 길게 쉬면서 이마의 땀을 손으로 훔

친다. 그 손은 돌주먹 같던 예전 손이 아니라 정맥이 툭 불거진 마른 손이다. 나는 논에 가서 무엇을 구경했느냐고 물었다. 아저씨는,

"내가 일해서 가꾼 벼가 잘 익어가는 걸 보여 주지. 그리고 우두커니 서 있는 허수아비가 비록 하는 일이 없어 보일지라도 분명히 좋은 일을 하고 있다고 설명도 하고."

말을 마친 아저씨는 높은 하늘에 시선을 주다가 느린 걸음을 놓았다. 몇 발자국을 떼었을까, 다시 뒤돌아보며

"이제 손주 손녀도 훌쩍 커서 나랑 논 구경 가는 것도 마다할 때가 됐지? 안 그런가, 은호 엄마?"

나를 빤히 쳐다보며 묻지만 대답하기가 곤란하다.

"글쎄요."

하고 작은 목소리로 얼버무리자, 아저씨도 역시 힘없는 목소리로

"그럴껴어."

한다. 그 말이 아저씨 스스로의 대답 같았다.

그런 아저씨의 속마음을 아는지 모르는지, 자전거 뒤에 묶여 있는 허수아비는 진흙 범벅인 얼굴로 눈을 부릅뜬 채 하얀 이를 드러내며 웃고 있을 뿐이다.

만추(晩秋)

태풍이 지나자 가을이 더 깊어졌다. 쪽빛 하늘 아래 펼쳐졌던 황금 들판도 서서히 마른 바닥을 내보이기 시작이다. 오늘도 '붕, 붕' 탈곡기 소리가 동네 논 가운데에서 온종일 들려왔다. 이제 벼 타작도 중반으로 접어들었다. 이러다가 얼마가 지나면 풍성했던 들녘은 황량한 벌판으로 변하여 갈 것이다.

천고마비의 계절, 눈길 닿는 곳마다 가을꽃 천지이다. 철 따라 때에 맞는 꽃들이 피고 지면서 들과 산을 장식하여 우리들의 눈길을 멈추게 한다. 눈부신 계절은 자꾸만 흘러간다.

예전 어르신들은 가을이 깊어지면 '마당은 예뻐지고 머슴은 미워진다'고 하였다. 내가 새댁이던 70년대 후반까지도 마당에서 온갖 곡식들을 타작하였다. 그때마다 동네의 머슴들은 대빗자루를 가지고 곡식 타작을 하려고 여러 번 쓸고, 또 쓸고 하여 마당에서 빛이 났다. 그러다가 가을 일이 끝나면 머슴은 새경을 받고 나갈 때가 되는데 주인들은 꽤 욕심꾸

러기였나 보다. 당연히 주어야 할 품삯 때문에 죄 없는 머슴들을 미워했
으니 말이다. 그러나 요즘엔 시골 동네를 샅샅이 둘러본들 누구네 집에
도 머슴이 없다. 머슴이 할 일을 기계가 다 하니 말이다.

바깥마당도 그렇다. 예전처럼 제구실을 하지 못한다. 그러니까 일거
리가 없는 거다. 여름 내내 자란 논 밭곡식을 타작할 때도 마당에서 하
는 집이 드물다. 대신 밭에다가 널따란 포장을 펴고는 탈곡기로 순식간
에 탈곡하니, 마당까지 오갈 일이 없다. 그저 알곡을 논과 밭에서 직접
광으로 들여보내면 된다.

머슴도 없고 일감도 없는 마당. 그뿐인가, 우리들의 놀이인 사방치기
며 남자애들의 제기차기, 자치기 등 얼마나 다양한 놀이를 마당에서 하
였었는가. 집이 크고 마당이 넓은 집에는 겨울만 되면 동네 아이들이 죄
다 모여 여러 놀이를 하여 무척이나 떠들곤 하였다. 지금은 시골 동네에
아이들조차 없으니 마당은 심심하게 가을뿐 아니라 사철을 보낸다.

한가한 마당에 가을빛이 가득하다. 오전 햇살이 퍼지면서 밭에 나가
일하다가 햇빛이 정수리에 닿을 즈음 해서야 허리를 펴면서 집에 들어
왔다. 가을날일지라도 한낮에 일하는 동안 등에 땀이 꽤 흐르는데 싫지
만은 않다. 요즘 가을은 여름보다 일하는 시간이 많이 줄어들었다. 점심

먹은 후 잠시 쉬었다가 밭에 나가 잠깐 일한 것 같은데 벌써 햇볕이 식는다. 그래서 시계를 보면 네다섯 시. 여름에는 오후 여덟 시가 되어도 얼마든지 일하는데 시월로 들어선 가을 해는 그렇지 않다.

주섬주섬하던 일을 마무리하고는 집으로 향하는데 마침 일과를 마친 해님이 서산을 아슴아슴 넘어가면서 얼굴을 잔뜩 붉히고 있다. 온종일 일하고 무엇이 부끄럽기라도 한가, 서쪽 하늘과 동네를 주홍빛으로 물들였는데 깊어 가는 가을 하늘의 저녁 빛이 이렇게 아름다울 수가 없다.

짙은 노을을 온몸에 받으며 밭둑을 걸어오다 집을 바라보니, 이게 웬일인가. 황혼에 물든 우리 집이 마치 산 중턱에 자리한 그림 같은 별장처럼 보인다. 논밭과 잡풀에 둘러싸인 시골집이지만, 주홍빛으로 물든 만추 속에서는 그 어떤 별장보다 아름답다. 벅찬 마음을 누르면서 조심조심 발걸음을 놓아 집에 들어서자 아늑한 기온이 이내 가슴으로 달려든다. 들떴던 마음을 풀면서 천천히 저녁 준비에 나선다.

이렇게 가을 속의 하루가 저물 즈음이면, 음력으로는 으레 구월 중순에 이른다. 한낮에는 따갑지만, 저녁엔 찬 공기가 가을의 깊이를 말해 준다. 저녁 식사와 설거지를 마치자 하루 일과가 끝난다.

가을밤은 공기가 서늘하기에 옷장에서 스카프를 꺼내 목에 두르고, 커피 한 잔을 쟁반에 받쳐 들고 현관 밖으로 나선다. 오른쪽으로 몇 걸음만 옮기면 따사로운 가을 햇빛이 온종일 머물다 간 자리가 있다. 거기에 하얀 달빛이 말없이 가득 내려앉은 곳이다. 이보다 더한 낙원이 또 있을까. 내 마음을 고요로 이끄는 공간이다. 나무 의자에 몸을 내려놓고 달과 마주한다. 오늘은 만월(滿月)인지라 더욱 밝은 빛이다.

서늘한 밤바람이 인다. 반백인 내 머리칼이 날린다. 산과 들은 단풍이 막 들기 시작인데 마당 가에 서 있는 감나무는 서둘러 밤에도 잎 지는 소리가 들린다. 계절이 가는 기척을 내는 것이다. 옆에 큰 덩치를 하고 있는 은행나무. 은행을 바닥에 잔뜩 쏟아부은 채 잎을 그대로 지니고 있지만, 머지않아 이 또한 다 떨구겠지.

부엉이의 울음은 잦아들고 풀숲과 땅속에서 은은히 들리던 풀벌레 소리는 여전하다. 깊어 가는 가을밤 커피잔을 다 비우고도 대낮같이 밝은 달빛에 한동안 취해 있다 보면 피곤은 말없이 사라진다. 달님은 조금씩 서쪽으로 옮겨가고, 나는 내일을 위해 조용히 자리에서 일어난다.

현관을 들어서기 전, 몸을 돌려 동네를 둘러본다. 음력 구월 열닷새, 쟁반같이 커다랗고 하얀 달님이 마을과 들판, 산야를 은빛으로 물들이며 평화로운 밤을 만들고 있다.

대낮에 일어난 일

봄이 완연하게 무르익었다. 동네 어디를 둘러보아도 눈길이 닿는 곳마다 꽃들이 활짝 피어 있다. 어릴 적부터 시골에서 살아서 웬만한 꽃 이름쯤은 다 아는 편인데, 요즘엔 처음 보는 꽃들도 참 많아졌다. 어제 오후, 잠깐 논둑을 산책했는데 이름 모를 꽃들이 줄지어 피어 있어 '여기도 봐 주세요, 저기도 봐 주세요' 하며 손짓하는 것만 같았다. 정말이지 꽃들의 세상이다.

요즘 날씨도 참 좋다. 포근하고, 해도 길고, 덥지도 춥지도 않으니 이맘때가 시골에서 일하기 딱 좋은 때다. 아침 여섯 시면 해가 떠오르고, 저녁 일곱 시가 넘어도 해가 지지 않는다. 그래서 옛말에 '여우가 오뉴월 햇볕에 옷을 열두 번 빨아 입고 시집간다'고 하지 않았던가.

아침 일찍 부지런을 떨었다. 서둘러 깨를 씻어 오전 내내 햇볕에 널었더니 벌써 다 마른 것 같다. 오후에는 방앗간에 가려고 푸대에 깨를 담아 차에 싣고 천천히 읍내로 향했다. 시골길 가에도 요즘은 벚꽃 나무를 많이 심어 놓아 봄이 되면 어찌나 보기 좋은지, 멀리 진해까지 벚꽃 구경을 가지 않아도 충분할 정도이다.

벚꽃이 만개한 동네 길을 지나 읍내로 들어섰다. 방앗간에 가려면 조금 더 가야 했기에 천천히 운전하고 있는데, 갑자기 길모퉁이에서 어린 남자아이가 불쑥 튀어나왔다. 눈 깜짝할 사이, 나는 가슴을 운전대에 세게 쿵 부딪히며 급정거했다. 등골이 오싹하고 가슴이 덜컹 내려앉는 듯하더니 심장이 마구 뛰기 시작했다. 정신을 차리고 앞을 보니 다행히 사고는 아니었다. 주위를 둘러보니 그 아이는 나를 놀라게 한 것은 아랑곳하지 않고 다짜고짜 손을 들며 차를 세우는 것이 아닌가. 하도 어이가 없어 뛰는 가슴을 간신히 눌렀다. 그러자 이번에는 차 문을 두드리며 빨리 문을 내리라는 손짓까지 했다. 나는 정신없이 창문을 내리며 무슨 일이냐고 물으려는데, 아이가 먼저 더듬거리며 말했다.

"저, 저기요, 제, 제가 지금 신발 한 짝이 어, 없거든요."

말도 심하게 더듬고 표정도 심상치 않은 것이 분명 무슨 일이 일어난 게 틀림없었다. 한낮에 무슨 일일까 싶어 정신을 가다듬고 아이를 쳐다보니 겁에 잔뜩 질려 있는 얼굴이다. 크게 뜬 눈은 눈물로 젖어 있었고 콧물을 잔뜩 흘리고 있었다. 순간 '혹시 불량배에게 쫓기기라도 하는가?'라는 생각이 스쳤다. 암만해도 심상치 않은 느낌이 들어 급히 차를 길가에 주차하고 내렸다. 그러자 녀석은 마치 구세주라도 만난 듯 다가

왔다. 그러고는 내가 묻기도 전에 조금 전 자신에게 벌어진 일을 낱낱이
이야기하기 시작했다.

학교 수업이 끝나 집으로 돌아가는 길이었다고 한다. 친구가 자기 집
에서 숙제를 같이하자고 하여 두어 시간 정도 친구 집에 있다가 혼자 돌
아오는 길이었다. 그런데, 골목길 옆에 아주 큰 집이 있었다고 한다. 아
무 생각 없이 그 큰 집 앞을 지나려 하자 갑자기 개가 으르렁 컹컹 짖기
시작했다. 이 녀석은 걸음아 나 살려라 있는 힘을 다해 달렸다. 개가 계
속 쫓아오는 줄 알고 눈물, 콧물을 쏟으며 한참을 뛰다가 간신이 뒤를
돌아보니 개는 쫓아오지 않았지만 신발 한 짝이 없어진 것을 알았다. 할
수 없이 골목을 돌아가 보려는데 개가 또 짖어 다시 달려 나오는 중이라
며 나에게 신발을 가져다 달라는 것이었다.

신발이 어디 있느냐고 물으니, 자세한 건 모르겠지만 골목으로 돌아
가 큰 집 앞까지 가면 어딘가에 있을 거란다. 남의 집 개가 무섭기는 나
도 마찬가지였지만, 어른으로서 어린 녀석의 청을 거절할 수도 없고, 이
렇게 혼쭐이 난 어린 녀석을 그냥 둘 수도 없었다. 하는 수 없이
"그럼 잠깐 너는 여기 서 있어라."
하고는 골목으로 휘어져 돌아가 보았다. 골목을 지나 조금 올라가니
아주 큰 양옥집이 보였다. 쇠창살로 된 대문이 굳게 닫혀 있었는데 대문

안에는 송아지만큼 큰 개가 어슬렁거리고 있었다. 나는 골목 좌우를 살펴며 신발을 찾기 시작했다. 골목을 벗어나 큰 집 근처에 이르자, 개는 으르렁 한 마디 하더니 하얀 송곳니를 드러냈다. 그러고는 펄쩍 뛰어 대문의 창살을 발톱으로 붙잡고는 컹컹 짖기 시작했다. 큰 덩치와 사나운 얼굴이 무섭기는 하나 대문이 굳게 닫혀 있기에 안심하고 다시 돌아오는데, 신발이 없으니 어찌할까.

'이상도 하다. 금방 일어난 일인데 도대체 어디에…' 하며 다시 두리번두리번 길옆의 도랑까지 살펴보았다. 개 짖는 소리는 온 동네에 울리고, 그 녀석은 개가 짖으니 꼼짝 못 하겠는지 골목을 내다보지도 않았다. 이쪽저쪽 아무리 살펴봐도 신발은 보이지 않았고, 다시 돌아가 큰 집 앞에 이르렀다. 낯선 사람이 집 앞에서 어정거리고 있으니 개는 아까보다 더 사납게 짖었다. 그런데 글쎄 대문 가까이에 운동화 한 짝이 폭 엎어져 있는 것이 아닌가! 나는 잽싸게 운동화를 집어 들고는 줄행랑을 쳐 차 옆에 서 있는 녀석에게로 갔다. 그동안 녀석은 눈물 콧물을 무엇으로 닦았는지 얼굴이 말끔해졌고, 나를 보자 빙그레 웃기까지 했다. 찾아낸 운동화를 건네주며

"개가 워낙 커서 많이 놀랐겠네."

하자, 녀석이 하는 말이

"그런 개는 처음 봤어요."

한다. 운동화를 신고는 고개를 숙이며 또 하는 말이

"아줌마, 고맙습니다."

한다. 뭐? 아줌마? 나는 순간 기분이 아주 좋아졌다. 백발인 머리에 할머니라는 호칭을 듣는 것이 이제는 익숙한데 아줌마라니. 그렇다. 아이들의 눈은 정확하다. 내가 그래도 젊어 보이는 것이 틀림없다. 말 한마디에 천 냥 빚을 갚는다고 했던가. 금방 마음과 몸이 어찌나 가벼워졌는지 오늘 대낮에 있었던 일이 오랫동안 기억될 것 같다. 그 녀석 만나기를 참 잘했다.

새참

아카시아꽃 짙은 향이 온 동네를 가득 메우니 어릴 적 고향 생각이 문득 난다. 친정집 뒤에는 등성이가 있고 등성이를 넘으면 냇물이 흐른다. 냇둑에 있던 아카시아 숲과 하늘을 찌를 듯 즐비하게 서 있는 미루나무들이 지금도 눈에 선하다. 오월 중순을 넘으면 남풍에 실려 오는 아카시아꽃 향과 함께 모내기 계절도 막바지에 이른다. 우리 집은 동네에서 가장 마지막으로 모내기를 하는데 그것은 남편의 성품이 느긋하기 때문이다. 조금도 서두름 없이 이웃집 논에는 벌써 모내기가 끝나도

"뭘 그리 서둘러, 늦게 심든 일찍 심든 추수는 똑같은 가을에 하는 걸…."

한다. 그러면 나는

"무슨 일이든지 때에 맞추어 심고 거두면 얼마나 좋아요?"

하지만 소용없다. 우리 집은 논이 그리 많지 않다. 그것도 기계로 심으니 한나절이면 끝난다. 남편은 직장에 다니는데 내년이면 퇴직한다. 그러니 그동안은 내가 주도하는 농사일을 시간이 나면 조금씩 도와주었다.

오늘이 바로 우리 집 모내기를 하는 날이다. 아침 일찍 논에 나갔던 남편이 해가 푹 자쳐질 때쯤 해서 돌아왔다. 점심은 안 해도 되며 오후 새참을 논으로 내 가야 한단다. 점심은 옆 논일하는 곳에서 얻어먹겠다고 한다.

내가 새댁일 때에 모내기하는 날이면 정말 푸짐했다. 이웃들이 모여 대청마루에 둘러앉아 상추를 손바닥에 펴고는 구수한 쌈장을 한 숟가락 푹 퍼 밥 위에 얹었다. 입을 있는 대로 크게 벌리어 안으로 밀면서 앞사람과 함께 하하 호호 수다를 떨었다. 지금은 시대가 변하고 일꾼들 수도 적어 시내 식당에서 점심을 배달하기가 보통이다. 그래도 농사일 중에 모내는 날이 일 년 중 제일 큰일인데 무엇으로 새참을 내갈까?

무엇을 가져가야 들에서 맛있게 먹을까. 이것저것을 생각하다가 뭐니 뭐니 해도 밥이 최고이니 김밥을 해야겠다, 결정하고는 온갖 푸성귀가 가득한 텃밭으로 나갔다. 시금치, 당근, 상추 등을 주섬주섬 뜯어 밭머리에서 다듬은 후 집에 들어와 부지런히 새참 만들기를 했다. 일꾼 수가 그리 많지 않다. 이양기를 운전하는 일꾼, 뒷일 하는 사람, 그리고 남편 셋이지만 김밥은 예닐곱 명이 먹을 수 있게 장만했다. 누구든지 들에서 혼자 일하면 끼니와 새참, 한두 잔 술은 나누는 것이 시골 인심이다.

김밥이 완성되자 열무김치와 함께 커다란 싸리 광주리에 가득 담아 대문을 나섰다. 정오가 지나자 해그림자가 동쪽으로 향해지면서 늦은 봄 햇살이 따가워지고 나뭇잎들은 연둣빛으로 짙어만 갔다.

못줄 잡는 소리, 덩치 큰 누렁소가 물 논 가운데 들어서서 하얀 거품을 물고 저벅저벅 써레질하는 소리, 모쟁이 하는 소리, 이런 모습들은 오래전에 사라졌다. 기계를 떡하니 논에 들여놓고 운전만 하면 따박따박 저절로 모가 심어지니 참 편안한 세상이다. 이양기가 사람 여러 명의 일을 하니 일손이 절대적으로 부족하고 노년층이 많은 우리 동네이지만 모를 못 내는 집은 전혀 없다. 더군다나 요즘에는 천수답도 없다. 옛날에는 초복까지도 호미로 모를 심으며 애를 태웠지만, 지금은 아무리 비탈진 논이라도 정리된 농지와 지하수가 있어 유월 전에 모내기를 다 마친다.

양손으로 광주리를 든 채 논둑을 걸었다. 잘 심어진 모들이 아직 뿌리를 내리지 못한 채 연둣빛 잔물결을 이루고 있다. 넓은 들녘에 햇빛은 눈이 부시도록 쏟아지는데 바람기가 전혀 없는 초여름 날씨이다. 어린 모를 가득 담은 모판이 논둑에 띄엄띄엄 놓여 있다. 밀짚모자를 푹 눌러 쓴 농부들이 뜬 모를 하느라 논 가운데를 조심스러운 걸음으로 철벙 철벙 걷고 있다. 아직 물이 가득 실려 있는 논 위를 날렵한 제비들이 매끈

한 자태로 빠질 듯, 곧 빠질 듯 낮고 빠르게 날고 있다.

김밥 광주리가 점점 무거워지는데 언제 보았는지 우리 집 바로 뒤에 사는 이웃사촌 아저씨가 나를 향해 달려온다. 입에 물고 있던 담배를 논에다 퉤 뱉은 후 광주리를 받으면서

"아니 새참이 뭐길래 이런 좋은 냄새가 나는가?"

한다. 이양기가 일하는 쪽을 향해 빠른 걸음을 놓더니 우리 논둑에 광주리를 내려놓는다.

"여보게. 기계 멈추고 이리 나오게나. 새참 내왔으니 먹고서 하지."

입에 손나발을 하고는 크게 일꾼을 부른다. 그리고 돌아서더니 옆 논에서 일하는 농군, 자전거 타고 가던 동네 이장, 두렁콩을 심고 있던 이웃집 아주머니를 이어서 오라고 한다. 잠시 후 논두렁에 여러 명이 죽 둘러앉았는데 아저씨, 또 한말씀한다.

"은호 엄마, 예전 새댁 때에는 음식 솜씨가 아주 좋았지. 요즘 나이가 들어서는 어떤지 내가 먼저 먹어 봐야겠군."

하면서 김밥 두 개를 덥석 집어 입에 넣고 우물우물하는데 볼이 금방 미어질 것 같다. 목이 메어서인지 아무 말이 없다. 고개를 갸우뚱하더니

"한 번 더 먹어봐야 알겠는데…."

하고는 다시 두 개를 조금 전처럼 먹다가 꿀꺽 삼키고는

"그려, 팔아도 되겠네. 식당 해도 되겠어. 은호 엄마, 음식 솜씨 여전

하네.”

논두렁에서 새참 먹던 이들이 아저씨의 농담에 ‘으하하하’ 웃음을 터뜨렸다.

하얗게 내리꽂히는 오후의 봄 햇살을 등에 받으며 새참 시간은 짧게 끝났다. 웃음을 띤 농군들은 다시 무논과 논둑으로 돌아갔고 이양기도 소리를 내며 모내기가 시작되었다.

빈 광주리를 옆구리에 끼고는 집으로 향했다. 길어진 해가 설핏하면서 서산을 넘고 있다. 붉은 잔광이 저녁 하늘에 노을을 만들고 있다.

늘어나는 휴농지

꽃 피고 새 우는 봄, 햇볕이 드는 곳이면 어디든 새싹이 돋고 꽃이 핀다. 아직 농번기가 아니라 팔짱을 끼고는 조석으로 집 앞에 있는 논두렁 밭두렁 위를 걷는다. 날씨는 포근하고 하늘은 파랗다. 얼마 전 강원도를 강타한 산불 소식에 마음이 어두웠는데 이 강산 들녘은 봄기운으로 가득하다. 집 주변까지 한 바퀴 돌다가 뒷담 위에 있는 천여 평이 넘는 넓은 밭 앞에 걸음을 멈췄다. 예전 같으면 벌써 거름이 밭 전체에 고루 펴 있을 텐데 이름 모를 꽃들과 잡초들이 사정없이 자라고 있다. 밭 주인의 발걸음이 뚝 끊겼으니 그럴 만도 하다.

작년 늦가을, 소식에 의하면 바로 우리 집 뒤에서 일하던 아저씨는 갑자기 쓰러졌다고 한다. 119가 왔고 병원으로 이송하여 치료받는 중이라고 했다. 옛말에 '등잔 밑이 어둡다'고 코앞에서 일어난 일을 며칠 뒤에야 마을 사람에게서 들었다. 코로나로 인해 문병도 못 가고 전해오는 말로만 안부를 들으면서 겨울을 지내고 봄을 맞고 있다.

이 동네에서 태어나 지금까지 살면서 오직 농사일에만 전념한 아저씨이다. 아내는 사 년 전에 요양원에 갔고 혼자서 논밭일과 집안일을 나름대로 잘한다고 이웃들이 얘기했는데 기어이 일이 크게 터지고 말았다. 눈만 뜨면 밭에 나가 김을 매거나 논에 가는 것이 일과였다. 동네에서 부지런하기로 손꼽혔다. 자녀들이 죄다 장성하여 결혼까지 했으니 일을 좀 줄여도 되건만 절대로 그렇게 하지 않았다. 손에서 일이 없으면 죽는 줄로 알고 겨울 농한기에 마을회관에서 쉬는 것도 간신히 견디던 아저씨이다. 그러니 요즘 같은 긴긴해에 병실에서 어찌하고 계실까.

우리나라 어느 농촌인들 일손이 부족하지 않을까마는 우리 마을도 마찬가지다. 그러나 다행인 것은 벼농사가 거의 기계화되었다는 것. 논농사는 농약도 한 차례 정도만 뿌리면 일 년 농사가 끝난다. 그러니 고령화로 인력이 적어도 그럭저럭 일 년을 넘기곤 한다. 근래에는 코로나로 몇 년간 고생하던 중 대형 산불로 편한 마음이 아니다.

잡초가 무성한 밭둑에서 이 생각 저 생각이 오가는데 텃논 건너에 사는 아저씨가 허리를 바짝 굽힌 채 어느새 내게 다가온다. 암만해도 마음이 나와 같은 얼굴이다. 허리는 굽었어도 나이는 아직 구십이 안 되었고 역시 동네에서 일 잘하기로 손꼽히는 아저씨다. 우리 마을에서 나이가 구십이 넘은 분들은 몇 명 안 되지만 다들 농사일로 몸이 다져져 있다.

웬만한 일은 겁도 없이 눈 깜빡할 사이에 해치운다. 자녀들은 일을 줄이고 여생을 즐기라고 신신당부한다. 그때마다 아저씨들은,

"농촌에서 나이 들었다고 일손을 놓으면 대수인 줄 아는데 그건 아니다. 지금 마을에서 일하는 사람들은 죄다 늙은이들이고 젊은이들은 동네 전체를 둘러봐도 없다."

라며 혀를 끌끌 찬다. 그러면서 배운 게 농사일이니 죽는 날까지 건강하게 일하는 것이 최고의 복이라고 말한다. 그런데 뜻밖의 일로 아저씨 중 한 분이 병원 신세를 지고 있으니 얼마나 마음이 어두울까.

우리 뒷밭에서 일하다가 쓰러진 아저씨도 앞으로 과연 건강을 되찾아 다시 일터로 나올 수 있을까 하는 생각이 들었다. 만약 건강이 회복되지 않아 휴농지가 또 생기면 마음은 더욱 쓸쓸해질 것 같다. 그러잖아도 동네를 돌다 보면 잡초와 아카시아가 무성한 밭이 큰길 옆에 있다. 묵는 땅은 아깝지만, 땅을 물려받아 농사지을 만한 자녀들은 모두 도시에 살고 있으니 어찌한단 말인가. '농자천하지대본' 이건 우리나라 육칠십 년대에 많이 들어 본 말이다. 정월 대보름날이면 '농자천하지대본'이란 깃발을 높이 들고 풍물패들이 풍악을 울리며 동네를 돌았다. 집집마다 대문 앞에서 그 해의 풍년을 기원해 주던 풍습이 내 유년의 추억 속에 남아있다.

옛날이나 지금이나 생명의 숨결은 바로 땅에 있다. 아니 우리가 살아가는 근본이 농업에 있다고 봐도 과언이 아니다. 이런 진리를 평생 몸

소 지키던 나이 든 어른들이 이제는 우리 동네에 서너 분 외에 없다. 문명에는 반드시 이기가 있음을 우리는 잘 알고 있다. 세월이 흐르는 동안 과학이 발전했고 우리는 조금씩 편한 세상에서 살게 되었다. 그러는 동안 여기저기 길이 뚫리고 넓혀지면서 농토는 야금야금 줄어들었다.

농지가 줄어들면서 시간이 지나는 동안 빈 땅은 늘어났고 사람들은 나이를 먹어갔다. 동네 정자나무의 해묵은 뿌리처럼 시골의 정취와 형편을 몸으로 느끼게 해 준 분들이다. 평생을 이 마을에서 살았던 토박이들이 떠나면 남는 게 휴농지이니 참 안타까운 현실이다.

내 옆에서 빈 밭을 한동안 바라보며 함께 서 있던 아저씨, 다짐을 한 듯 씁쓸한 표정으로 입을 여신다.

"암만해도 이 밭 주인, 올해 농사짓기는 틀렸어. 병원 들어간 지 벌써 반년이 지났어도 무소식이니. 게다가 나이가 구십, 어찌 하늘의 섭리를 거슬릴 수 있어."

하고는 발길을 돌린다. 삶의 연륜이 쌓인 굽은 등 위에 따사로운 봄 햇살이 포근히 머문다.

빈 가슴

가을 갈무리는 완전히 끝이 났다. 김장철마저 지나니 이제는 서서히 농한기로 접어들고 텃밭에도 가끔만 나간다. 아침을 먹고 나면 TV 앞에서 한참 동안 머물곤 한다. 오늘도 TV에 정신을 쏟고 있는데 얼마의 시간이 지났을까, 밖에서 이상한 소리가 크고 길게 들려왔다. 무슨 일인가 싶어 밖으로 나왔다.

벌써 아침햇살이 푹 자쳐졌다. 하늘은 더욱 파랗고 밤사이 내렸던 서리가 숨을 죽이기 시작이다. 바깥마당 가에서 까칠한 몰골로 늦가을을 보내던 코스모스와 샛노랗던 은행잎도 다 가 버렸다. 들녘에는 휑하게 바람이 지나고, 논두렁 아래나 구석진 곳마다 군데군데 낙엽이 쌓여 있다. 그래도 햇볕이 있으니 따스하다.

소리가 나는 쪽으로 천천히 발걸음을 옮겼다. 조금 걷자 몇 년 전부터 주인을 잃은 채 비어 있던 허름한 빈 집 한 채가 눈에 들어왔다. 그 집이 헐리는 중이었다. 가슴이 그만 철렁했다. 굴착기 같은 중장비가 벌써 지붕을 무너뜨리고 벽을 사정없이 부수는데 얼마나 빠른지, 금세 다 허물어질 것 같다. 이런 기계는 공사장에서는 없어서는 안 되는 기계, 문명의 이기일지는 모르나 자연에겐 흉기나 다름없다는 생각이 들었다.

잠시 기계가 하는 일을 보노라니, 사람 손이 한 번 안 가도 집 한 채가 순식간에 부수어질 것 같다는 생각이 든다. 그때 인부 한 사람이 내게 뛰어오더니, 먼지가 날리니 좀 떨어져서 구경하라고, 기계 소리보다 더 큰 소리로 말하며 손사래까지 친다. 그렇다. 이 집은 아주 오래된 집이다. 내가 시집왔을 때, 여러 자녀를 둔 형님 부부가 어렵게 살고 있던 곳이다.

그때만 해도 밭에 김을 매려면 일꾼들을 샀는데, 형님은 우리 집에도 곧잘 오셔서 일을 도와주곤 했다. 지금으로부터 사십 년이 훨씬 넘는 일이니, 보릿고개가 있었던 시절이었고 집집마다 자녀들이 대여섯은 있던 때였다. 형님네도 오 남매를 두었고, 형님 내외는 부지런하기로 동네에서 으뜸이었다. 집안일은 사철 조석으로 하고, 낮에는 주로 남의 일을 도왔다.

세월이 많이 흘렀다. 형님네 오 남매는 어려서부터 성실과 근면을 배우며 자라난 덕에, 이제는 각자의 자리에서 맡은 일을 묵묵히 감당하며 살아가고 있다. 형님은 생전에 온 가족이 모일 때면 으레 하는 말씀이 있었다.

"어쩌자고 너희들은 아이들을 하나, 둘씩만 두는지 모르겠다. 사람은 태어날 때 자기 먹고 살 것을 다 가지고 나오는데…."

이 말을 아들들과 며느리들이 듣는 둥 마는 둥 하는 것 같다며, 이제는 손자와 손녀들이 훌쩍 다 컸으니 아쉽다고 했다.

중년에 남편을 먼저 보내고, 오 남매를 누구보다 성실하게 키워 내셨다. 밖으로 드러나지 않는 어려움이 어찌 없었겠는가. 무슨 일이라도 있을라치면 '큰아들, 큰아들이 제일이야'라고 입버릇처럼 말씀하시었다. 큰아들이 집을 사고 형님을 편하게 모시려고 방까지 따로 마련했을 때, 형님은 이렇게 말씀하셨다.

"나는 평생 살던 집이랑 이웃사촌이 제일 좋아. 몸 편해지자고 내 땅과 집을 버리고 떠나면 벌받는 거야."

결국 형님은 허름한 그 집에 홀로 남으셨다. 그러다 오 년 전, 갑작스러운 교통사고로 세상을 떠나셨다. 그 일은 너무 갑작스러워 아직도 생각만 하면 가슴이 떨린다. 가끔 그 집 앞을 지나면, 형님이 웃음 띤 얼굴로 대문을 밀고 나올 것만 같았다. 그런데 이제 그 집마저 헐어 버리니, 어찌 가슴이 휭하지 않으랴.

아무리 새집이라도 사람이 살지 않으면 헐리기 마련이다. 주인 없는 그 집은 동네 도둑고양이들이 마음대로 들락거렸다. 해가 지날수록 옆구리가 뻥 뚫려 바람이 제멋대로 드나드는가 하면, 작년 여름에는 비가 오래도록 오는 바람에 지붕에 잡초도 우거졌었다. 올봄에는 글쎄, 형님이 사실 때 뒤뜰에 심었던 복숭아나무가 발그레하게 꽃을 피워 나를 기쁘게까지 했다.

여름철 장마가 지나간 후에는 바깥마당에 잡초가 매년 우묵장성이어서 잡초밭인지 마당인지 분간하기 어려웠으니, 큰아들이 가끔 내려올 때마다 어찌 마음이 편했겠는가.

먼지 속에서 계속 서 있기도 그렇고 다시 집으로 돌아왔다. 부웅부웅, 기계 소리는 여전하고 쪽빛 하늘은 시린 빛이다. 집 안으로 들어서니, 가을 끝자락에 만들어 큰 대문 안쪽 천장에 매단 메주가 눈에 들어왔다. 다시 형님 생각이 났다. 늦가을, 메주를 쑤려고 메주콩을 절구에 넣고 푸덕푸덕 찧으면 이웃에서 방앗소리를 듣고 달려와 곧잘 도와주셨다. 크고도 듬직하게 메주를 잘도 만들던 형님, 그런데 이제는 그 형님이 살던 집마저 사라진다.

방 안으로 들어와 다시 TV를 켰지만, 마음은 계속 기계 소리가 나는 형님네 집 생각뿐이다. 한동안 있다가 밖으로 다시 나갔다. 벌써 기계 소리가 멎었다. 나는 발걸음을 재촉했다. 이게 웬일인가. 집은 흔적도 없이 사라졌고, 집터가 어디였는지조차 모르게 그 자리는 평평한 밭으로 변하였다. 또한 형님네 집으로 오가던 길조차 없어졌다. 집도 길도 사라졌으니, 이제는 형님네 집을 어찌 다시 찾을 수 있을까.

한동안 우두커니 서 있다가 빈 가슴을 쓸면서 돌아섰다. 호랑이는 죽으면 가죽을 남기고, 사람은 죽으면 이름을 남긴다고 했다. 형님 생각은 내 마음에 오래도록 남아 있을 것 같다. 인생이란 참으로 허망한 것이구나, 싶다.

자연의 기본

초봄이 지나자, 온 땅에 꽃이 피고 나무엔 잎이 돋기 시작한다. 죽은 듯 보이던 나목에 꽃망울이 맺히고 연둣빛이 돌며 논밭 둑엔 이름 모를 자디잔 꽃들이 수를 놓는다. 요즘처럼 미세먼지와 소음, 공해가 심해도 여전히 피고 지는 나무들, 봄비 한 번 맞지 않았어도 때가 되면 조용히 눈을 뜨는 모습은 우리에게 많은 것을 일깨워 준다.

아침에 일어나니 창밖에서 맑은 새소리가 들린다. 겨우내 조용하더니만 봄으로 들어서자 다시 노래하기 시작한 것이다. 조용히 대문을 나섰다. 이게 또 웬일인가. 하늘은 뿌옇고 온통 미세먼지인지 황사인지, 아침부터 야단이다. 햇살이 아침을 열기도 전에, 반갑지 않은 손님들이 찾아온 셈이다. 그래도 슬슬 마당을 지나 밭둑에 올라섰다. 벌써 냉이는 꽃대를 내밀고, 새싹들은 여기저기서 얼굴을 내민다. 개나리와 진달래도 망울을 터뜨리며 봄을 알린다. 날씨와는 상관없이 철 따라 자기 할 일을 묵묵히 해내는 나무와 풀들이다. 연일 바람이 불든 종일 공기가 탁하든 주어진 하루를 있는 힘껏 살아가며 꽃을 피운다. 그리고 열매를 맺어 사람들에게 생명의 기쁨을 선사한다.

하늘에 머리를 두고 대지에 뿌리를 내린 채 묵묵히 쉬지 않고 일하는 이들을 나는 존중한다. 우주의 질서를 거스르지 않으며, 대가 없이 온 땅을 아름답게 가꾸는 이들의 모습은 우리가 본받아야 할 삶의 본질이다. 사실 곰곰이 생각해 보면, 인간들을 먹이고 입히는 것이 바로 자연이 아닌가? 그들이 있기에 우리가 호흡하고 있지 않은가? 신의 뜻에 온 몸을 맡기는 자연처럼, 우리도 그렇게 살아야 하지 않을까.

지금은 3월 하순, 따사로운 봄볕을 받으며 농군들이 나무를 심고 밭에 거름을 뿌리기 시작한다. 더우면 더운 대로, 바람이 불면 바람 맞으며 그들은 주어진 환경을 그대로 받아들인다. 슬슬 농사일이 시작되는 요즈음, 기다리는 봄비는 좀처럼 오지 않는다. 예전 같으면 봄비가 솔솔 내렸겠지만, 최근 몇 년은 비가 매우 적게 온다. 이상기후는 해가 갈수록 점점 심해지고 있다.

고통을 겪는 이들은 당연히 농부들이다. 올해도 비를 기다리던 동네 농민들은 호수를 이용하여 물을 끌어다가 급한 대로 봄 작물을 심었다. 그런데 문제는 우리 집 뒤편 석기네 밭이다. 천 평이 넘는 그 밭에 해마다 감자를 심어 팔았는데, 넓은 밭에 물을 대자니 엄두가 안 났다. 어제는 트랙터가 밭을 가는데 바싹 마른 땅이라 흙먼지가 사방으로 날려 이웃들도 멀찌감치 피해야 했다. 남부 지방엔 그냥저냥 봄비가 내린 듯한데, 충청도는 겨울에도 눈이 적었고, 봄이 와서도 가뭄만 계속되었다. 그러니 무슨 봄 작물을 심겠는가.

동네 농민들은 앞으로는 농사짓기가 더 어려워질 거라고 이구동성이다. 그리고 이어지는 말,

"하늘이 도와야지, 사람 힘만으론 안 돼."

그렇다. 이게 자연의 기본이다. 아무리 인간이 달나라를 정복해도, 문명은 자연의 질서 안에서만 존재할 수 있다. 인간의 삶 또한 마찬가지다. 자연의 순환을 어길 수는 없다. 주고받는 삶, 이것이야말로 신이 정한 법칙이다.

텃밭을 거닐다 건너편 진 씨 아저씨 댁에 시선이 머물렀다. 집 옆엔 오래전에 지어진 비닐하우스가 있다. 그 안에서는 고추 모종을 비롯해 다양한 채소들이 자란다. 아저씨는 올해 아흔이 되셨고, 아주머니도 백발이 성성하다. 내가 시집오던 해에 그분들이 이곳에 집을 지은 후 이사를 왔고, 50대이었던 그 부부를 그때부터 '아주머니, 아저씨'라 불러왔다.

작년, 가을걷이가 끝날 무렵이었다. 어느 날 아저씨네 비닐하우스의 비닐이 모두 걷혀 쇠창살만 앙상하게 남아 있었다. 하도 이상해서 웬일이냐고 물으니 도시에 사는 큰아들이 내년부터 농사를 그만 지으라며 비닐을 다 뜯어 버렸다고 했다. 몇 년 전부터 나이 드신 부모님이 농사일하시는 걸 못마땅히 여겼다. 그러면서 이제는 일을 그만하시라고 여러 차례 말씀드렸지만, 소용이 없었다. 그러자 부모님의 허락도 없이 비닐하우스의 비닐을 죄다 뜯어 버린 것이었다.

그 후, 겨울이 되어 삼동을 잘 보냈는데, 요즘 뼈대만 남았던 쇠창살이 다시 덩그렇게 비닐 옷을 입고는 아저씨, 아주머니를 바쁘게 만들고 있었다. 어찌 된 일이냐고 물으니 아저씨는 단호하게 말씀하셨다.

"내가 평생 배운 게 농사일인데, 손에서 일을 놓으면 어떻게 사는가?"

나를 바라보는 눈빛은 진지했다. 잠시 있다가 또 말을 이었다.

"시골에 살면서 건강한 몸으로 일도 안 하고 놀기만 하면 그건 빌어먹을 짓이여. 그러잖아도 요즘 시골엔 일손이 모자라 외국인들까지 데려오지 않는가?"

사실 아저씨의 아들은 구십이 되신 아버지가 조금 편하게 사시길 바라는 마음이었다. 하우스를 없애면 당연히 부모님은 일에서 멀어지려니 했는데 어디 그런가. 눈만 뜨면 농사일로 흙 만지며 살아온 구십 평생,

손에서 일을 놓고 어찌 살 수 있을까. 이건 누가 봐도 어불성설이었다.

건너다보니 아침부터 두 노인네가 새로 옷을 입은 비닐하우스에 들락날락, 아주 분주하시다. 저렇게 아침에 일하고 들어가 밥상 앞에 앉으면 밥은 꿀맛일 것이다. 하우스에서 길러진 작물은 순박한 노부부의 건강 지킴이이고, 텃밭과 하우스는 이들 부부의 평생 맞벌이 직장이다.

사람이 오랜 습성을 하루아침에 바꾼다는 건 어려운 일이다. 자식 이기는 부모 없다지만 삶의 가치와 무게를 온전히 흙에만 의지하였으니 어찌 다른 길이 있겠는가? 문득, 정조 임금의 말씀이 떠오른다. '농사는 나라의 근본이다.' 이 말씀처럼 평생 자연의 기본을 거울삼아 살아오신 진 씨 아저씨 부부. 그 생애의 노을빛이 오늘따라 더 아름답게 느껴진다.

모정 여정

　시월로 접어들면서 하늘은 드높고 한낮의 햇살은 눈부시게 쏟아진다. 가을 날씨가 확실함을 알 수 있다. 여름부터 초가을까지 하도 비가 많이 와서 가을 날씨를 염려했는데 장마가 서서히 물러가면서 계절은 제 모습을 드러낸다. 남쪽 지방은 어떤지 모르나, 그래도 이곳 충청도는 걱정했던 것과는 달리 그럭저럭 평년작은 된 듯하다.

　아침 일찍 들깨단들을 외발 수레에 실어다가 바깥마당에 죽 늘어놓은 후 오후가 되면서 타작을 시작했다. 햇볕은 따사롭고, 마당엔 향긋한 들깨 냄새가 가득하다. 한나절 동안 바싹 마른 깻단들을 도리깨로 후려칠 때마다, 깨가 사르르 사르르 쏟아져 나오는 소리가 정겹다. '올해도 넉넉히 수확해서 기름을 짜면 딸네도 주고 동서, 친정 조카들에게도 줘야겠으니, 들깨야 많이 쏟아져라.' 온 힘을 다하여 도리깨질을 해대며 마치 도깨비방망이라도 들고 있는 듯 혼자 중얼거렸다.

　한참이 지나자 땀이 비 오듯 쏟아지고, 깨바심도 얼추 끝나 가는데,

뒤에서 익숙한 목소리가 들렸다.

"아니, 은호 엄마 혼자서 깨바심을 허는가아?"

돌아보니 민이네 형님이 하얀 비닐봉지를 들고는 마당으로 들어선다. 부지런한 형님이 일없이 대낮에 마실을 오지는 아니한다. 무슨 일인가 싶어 일을 멈추고 대문 안으로 들어갔다. 그러자 형님은 말없이 들마루에 앉아, 가지고 온 비닐봉지를 부스럭부스럭 푸는데 닭고기 냄새가 확 풍긴다. 비닐봉지 겉에는 'M 양념치킨'이라고 쓰여 있다. '아니, 웬 양념 닭이람?' 이런 촌에서는 좀처럼 사 먹기 힘든 음식이니, 마침 시장기가 돌던 나는 나도 모르게 군침을 꿀꺽 삼켰다.

형님은 닭 다리 하나를 집어 내게 건네며 웃는다.

"은호 엄마, 이거 먹어봐. 서울서 사는 큰딸이 배달시켜 준 거야."

아니, 서울에 사는 딸이 배달시켜 줬다니. 그 먼 데서 어떻게…. 고개를 갸웃하자 형님은,

"그렇게 쳐다만 보지 말고 받아서 먹기나 하게. 거시기 그러니까, 서울서 배달 온 게 아니고 큰애가 읍내에 있는 양념통닭 집에 전화해서 배달시켰다더라구."

'아하 그렇구나!' 나는 절로 감동했다. 어찌 그런 생각을 하여 친정엄마께 새참을 배달시킬까. 그런 효녀가 세상에 어디 있담. 이웃까지 함께 포식하게 됐으니 기쁘기만 했다.

받아 든 고기를 허겁지겁 먹으며 칭찬을 거듭하는데 형님의 얼굴은 보름달처럼 환했다. 형님의 입 언저리에는 양념이 군데군데 묻었고, 웃을 때마다 이빨이 하얗게 드러나는데, 얼굴에는 딸의 사랑을 듬뿍 받은 행복이 보였다.

한동안 말을 잊은 채 맛있게 먹다가 형님이 배시시 웃으며 수줍은 듯 입을 연다.

"실은 며칠 전에도 이런 호강했다네. 논에서 늦도록 일하고 저녁때 집에 와 보니 대문 고리에 양념닭 봉지가 걸려 있더라고. 누가 그랬는가, 궁금해하던 차에 마침 큰딸한테서 전화가 온 거야, 지가 배달시켰으니 아끼지 말고 맛있게 먹으라구."

하며 거푸 말을 잇는다. 그러니까 지난 장마 때, 밖에 나가 일도 못하고 이것저것 집안일을 하는 중이었다고 했다. 느닷없이 오토바이가 소리가 크게 들리면서 대문 앞에 멈추더라는 것이다. 그러더니 그때도 양념닭이 배달되어 시장한 참에 잘 먹었다고 한다.

형님의 큰딸은 올해 나이가 오십 줄에 있는데, 어릴 때부터 심성이 착해 늘 동네 사람들의 입에 오르내렸다. 형님은 종종 마실 와서 집안 이야기를 할 때마다 옛날 일은 생각만 해도 가슴이 아프다고 했다. 자녀들이 어렸을 적에는 가난했기에 큰딸은 중학교까지만 가르쳤다. 그래도 말없이 집안일을 도왔고 동생들이 대학까지 나왔어도 부모 원망 한마디 없었다. 시집가서도 누구보다 부모에게 무척 잘한다고. 어미 노릇도 변변히 못 해 줬는데 이런 효도를 받는 게 미안하다고 했다. 어떻게 해서라도 고등학교까지 공부시켰으면 아마 지금쯤은 큰 인물이 됐을 텐데 하는 후회도 가끔 내비쳤다. 오늘도 그 딸 덕분에 나까지 대접을 받고 나니 더없이 고마웠다.

옛말에 '첫딸은 살림 밑천'이라더니 과연 그런가 보다. 부모를 웃게도 하고 울게도 하는 존재, 자주 전화해 안부를 묻고, 형님의 굽은 허리를 가장 안쓰럽게 여기는 사람도 바로 그 딸이란다. 특히 형님의 노후와 건강을 염려하는 건 큰딸뿐이라고 형님은 한숨 섞어 말하고는 치마 귀를 걷어 올려 눈가를 누른다.

이야기를 한동안 하고 나니 해는 서쪽으로 한 발은 옮겨갔고, 쪽빛 하늘이 더욱 짙어 보인다.
"은호 엄마, 어서 일하게나. 나는 갈 테니."
허리를 반쯤 접은 형님은 대문 문지방을 넘어 마당을 걸어 나갔다. 칠십 평생을 논과 밭에서 살아왔으니 허리가 굽을 수밖에.

이웃으로 지내 온 지도 어느덧 40년이 넘었다. 내가 새댁일 때 삼십

대 중반이던 형님은 동네 대소사 일에 한몫하더니, 이제는 많이도 늙으셨다. 따사로운 가을 햇살은 집을 향하여 밭둑을 살금살금 걸어가는 형님을 따라가며 굽은 등을 어루만지는데. 그 모습이 참으로 정겹다.

아! 세월 따라

계절의 여왕인 오월이 지나자 동네는 온통 초록으로 변해 간다. 엊그제 심어진 모가 뿌리를 잡아가면서 마을 사람들은 즐거운 마음으로 여름을 맞이하고 있다.

어제 온종일 참깨밭에서 김을 맸고 오늘은 둘러보는데 참 예쁘기도 하다. 주인 발자국 소리를 들으며 자란다는 농작물들, 하룻밤을 자고 나면 쑥쑥 자라 주인의 수고에 보답한다. 오늘은 오전에 집 안 정리를 한 후 이른 점심을 먹고 집에서 조금 떨어진 밭에 가려고 나섰다.

텃밭을 지나 조금 걸으면 예전부터 자별하게 지내던 민이네 형님 집이 있다. 가끔 형님 집에 들어가 쉬기도 하고 간식도 먹고 했는데 작년 말, 그만 병이 나는 바람에 요양원에 간 지가 두 달이 되어간다. 무던히도 참으며 일하더니 꽤 아팠는지 자식들에게 알리지도 않고 병원에 갔고 중한 진단을 받았다. 요양원에서 몇 달 쉬다가 집으로 꼭 오겠다고 이웃들과 약속하고 갔으니 기대하는 중이다.

형님 집 앞에 이르러 으레 하던 대로 집을 한동안 바라보는데 오늘은 대문이 반쯤 열려 있는 게 아닌가. 혹 형님이 왔는가 하는 반신반의의 마음으로 대문을 밀면서 '형님' 큰 소리로 불렀다. 그러다가 깜짝 놀랐다. 형님의 큰딸 민이가 마루 끝에서 손수건으로 눈물을 훔치며 앉아 있다. '아니 민아'하고 부르니 얼른 일어서는데 눈이 퉁퉁 부었고 '아주머니' 하며 내게 다가온다. 그만 민이를 끌어안았다. 어깨를 들썩이며 울음을 참지 못하는데 나도 코끝이 찡해왔다.

오늘이 형님 생일이라고 한다. 동생들은 지난 주말 요양원에 다녀갔다고 한다. 맏이 민이는 작년까지만 해도 미역국을 끓여 마주 앉아 먹었는데 오늘은 요양원에서 엄마를 보고 왔다고. 아침에 집에서 출발하면서 내비게이션에서 알려 주는 고향집을 향했다. 한 시간쯤 지나자 갑자기 생각이 났다. 엄마는 고향집이 아닌 요양원에 있다는 사실을. 가슴이 미어질 것 같았으니 어쩌랴. 다시 낯선 요양원 주소로 차를 돌리자 그때부터 눈물이 났기에 눈이 부은 것이다. 그러잖아도 엄마에게 온갖 효도를 다하는 효녀였는데 요양원으로 엄마를 보내면서 얼마나 마음 아팠을까….

남편을 삼십 중반에 하늘나라로 보내고 사남매를 홀로 키운 형님은 순전히 농사로 생활해 나갔다. 촌에서 살아도 자녀 교육열이 높았지만,

큰딸은 중학교 졸업 후 취업시킬 수밖에 없었다. 둘째와 셋째는 고등학교까지, 막내인 아들은 대학까지 보낼 수 있었다. 아는 게 힘이라는 말을 종종 하면서 자기의 희생은 어쩌면 그리 당연시했는지….

큰딸 민이는 성품이나 외모가 꼭 형님을 빼닮았다. 객지에 살면서도 고향에서 혼자 일하는 엄마를 참 많이도 생각했다. 들에서 일하는 엄마를 생각해 읍내에 있는 양념닭 집에 전화해 간식 배달시키기를 여름 나는 동안 여러 차례 했다. 그 덕분에 나도 가끔 얻어먹었다. 자주 고향엘 내려와 엄마를 돕던 민이. 동생들 다 결혼하고도 엄마를 향한 효도는 지금까지 멈추지 않았다. 이제 그만 일손을 줄이라고 말해도 형님은 '아니다, 아직은 할 만하다'라고 하면서 큰딸에게 미안해했다. 더구나 나이가 들면서 자녀들에게 폐가 되지 않으려고 건강을 제일로 염려했다.

그런데 작년 여름부터 걱정하던 일이 조금씩 다가온 것이다. 식사량이 줄고 기력이 떨어져 갔다. 농번기 때에도 저녁이면 곧잘 우리 집에 마실을 와서 밤늦도록 이야기하고도 이튿날 새벽에 끄떡없이 잘도 일어났다. 손 마디 마디가 죄다 구부정한 채 뭉툭했고 정강이는 장작개비같이 버쩍 말랐다. 봄부터 가을까지 구릿빛 얼굴이어도 항상 미소를 지었고 큰딸의 효도를 늘상 이야기했다. 남편 같기도 하고 친구 같기도 하다며 민이가 없었더라면 한평생 어찌 살았을까 하는 아득한 생각이 든다고도 했다.

식사량이 줄자 몸에 힘이 없어지고 자꾸만 눕게 되었다. 그러자 민이는 제 집으로 모시겠다고 했지만 '내 집을 두고 어딜 가느냐?'고 했다. 그러면 아들네로 가자고 하니 이것저것 다 싫고 그냥 내 집에서 평생 친하게 지내던 이웃들과 사는 게 제일이라고 했다.

순박하고 투박한 성품, 바람에 흔들리면 그윽한 향기를 내는 들국화 같은 형님. 요양원으로 가던 날,
"한두 달 쉬다가 오겠으니 염려 마."
하며 내 손을 꼭 쥐던 모습이 생생하다. 사람의 일은 마음먹기에 달려 있다. 매사에 긍정적이었으니 여름이 깊어지기 전에 건강을 찾아 반드시 집으로 오겠지. 지금 민이 마음이 오죽할까마는 의술이 좋은 시대가 아닌가.

한참 눈물을 훔치던 민이는 마음을 추슬렀는지
"아주머니도 건강 챙기세요."
한다. 요양원에서 엄마를 보고 그냥 가려고 하니 살던 고향집이 그리웠다고 한다. 그래서 가던 길에 들렀는데 엄마가 없는 집이 이렇게 쓸쓸한 줄 몰랐다고 한다. 식사를 조금씩 하며 기력이 나아졌다는 소식이다.

그렇다. 나이 들면 누구든지 밥심으로 산다. 억척을 부리던 마음을 이제는 조금 내려놓아야 한다. 조금만 더 회복되면 꼭 집으로 모시겠다고 다짐하며 민이는 갔고, 나는 형님 생각이 가슴에 아리다.

그때가 언제던가. 십오 년도 넘는 것 같다. 어느 가을날, 바깥마당에서 들깨 바심을 하느라 시장하던 참이었는데 딸이 배달시켜 준 양념닭이라며 가지고 왔다. 둘이서 입 언저리에 양념을 잔뜩 묻히면서 정신없이 닭 다리를 뜯었다. 그때도 민이 자랑을 하다가 치마 귀를 걷어 올려 눈 주위를 누르면서 딸에게 효도 받는 것도 미안하다고 말했다.

세월 따라 살다 보니 숱한 시간이 후딱 잘도 지나갔다. 자연의 섭리를 지키느라 그럴까. 우리들의 몸에 흔적을 남기고 가는 것이 인생의 진리인가. 평생 땅을 의지하며 살던 우리의 삶에 이제 쉼이 필요한 것 같다. 민이와 헤어지고 밭으로 걸음을 옮겨놓는데 정오를 지난 초여름 햇살이 뜨겁게 정수리에 내린다.

제4부
정이 머무는 자리에서

중심을 지니고 사는 사람은 늘 새롭고 영혼에 나이가 들지 않는다. 자연은 그 순박한 노부부에게 어떤 세월이 지나도 시들거나 변하지 않는 최고의 삶을 선사한 것이 아닐까.

늦가을, 마을 산자락에 저절로 피어난 들국화처럼 깊은 여운을 선물 받는다.

동네 잔칫날

입춘을 지나 우수를 넘기고, 2월도 하순으로 접어드니 봄기운이 서서히 감돌기 시작한다. 텃논 둠벙 둑에 서 있는 수양버들의 가지들이 땅을 향해 늘어져 바람에 흔들리고 있다. 동네 뒷산 허리에는 군데군데 잔설이 얼룩져 있고, 양지바른 논두렁에는 쑥을 비롯한 이름 모를 풀들이 파릇파릇 돋아나기 시작한다.

오늘은 동네 이장네 아들의 결혼식이 있는 날이다. 예전에는 자녀의 혼인날이면 바깥마당과 안마당에 차일을 치고 국수 잔치를 걸게 했다. 요즘은 그런 잔치는 흔하지 않고 식장에서 예식을 치른 후 예약한 식당으로 가서 잔치한다. 예식이 이곳에서 좀 떨어진 읍내에서 하기에 남편과 나는 아침 일찍 서둘러 옷을 갖춰 입고 대문을 나섰다. 아침나절이라서인지 바람은 없지만 쪽빛 하늘을 올려다보니 차가운 기운이 스며들며 한기가 느껴졌다. 봄만 되면 으레 먼지를 앞세운 바람이 세차게 불어 품속으로 파고들지만, 따스한 햇볕이 있기에 그래도 싫지만은 않다.

동네 큰길까지 나가니, 이장네에서 준비한 대형 버스가 도착해 동네 사람들을 기다리고 있다. 이장 내외는 한복을 곱게 차려입고 먼저 나온 사람들과 인사하고, 이장댁은 연신 한 손으로 입을 가리고는 웃는다. 마흔을 훨씬 넘긴 노총각 아들의 혼인날이니 얼마나 기쁘겠는가? 이장댁은 아들이 촌에서 농사짓기에 색싯감이 없다고 몇 년 전부터 속을 태웠다.

지난 초겨울, 추수가 끝나고 일이 한가해지자 이장댁이 우리 집에 마실을 왔다. 아들한테 가끔 중매가 들어와도 번번이 성사되지 않아 마음이 심란하다며.

"은호 엄마, 내 말을 좀 들어 봐. 엊저녁엔 꿈에서 아들이 선을 봤지 뭐야. 근데 어찌나 색시가 내 맘에 쏙 들던지, 글쎄 내가 색시 손을 덥석 잡았다니까."

평소에 나와 허물없이 지내는 사이인지라 이장댁은 본인의 꿈 이야기까지 했다. 나도 장성한 아들을 두었기에 이장댁의 걱정이 남의 일 같지 않았다.

"그래요? 그거 아주 괜찮은 꿈이구먼요. 몇 달 안 가서 결혼 날짜 잡히겠네요."

말이 씨가 된다고 했던가. 무심코 한 말이었지만, 꿈 해석이 제법 맞아떨어진 듯했다. 무자년으로 들어서자마자 봄이 오는 길목에서 이장댁의 아들은 동네 사람들의 축복을 한 몸에 받으며 장가를 가게 되었다.

오늘의 혼인은 이장네만의 경사가 아니다. 이른 아침부터 예식 시간과 버스 출발 시간을 알리는 동네 방송이 울려 퍼졌다, 사람들은 너나없이 모여들어 동네 회관 마당과 큰길을 가득 메웠다. 우리 동네에는 서너 명의 노총각이 있는데 그 중에서도 이장 아들의 나이가 가장 많다. 그는 논농사뿐 아니라 밭에 특수 작물을 심어, 논보다 밭에서 더 많은 수익을 올리고 있었다. 버스 안에서는 동네 사람들이 저마다 한마디씩 거들었다.

"오늘 결혼하는 색시는 행복할꺼요. 신랑 얼굴이 좀 까만 것 빼고는, 인물 훤하겠다, 심성 좋겠다, 돈 많겠다, 뭐가 걱정이야, 걱정이."

동네 어르신인 금봉이 할아버지가 입을 떼자, 석호네 형님이 맞장구를 쳤다.

"맞아요, 시골로 시집와도 이장 아들 같은 사람은 알짜배기지요. 멋모르고 엇생일꾼한테 시집왔다가는 큰코다치는데, 이 사람은 얼마나 성실한지 동네 사람들이 다 인정하잖아요?"

정말 그 말이 맞다. 농사처가 많아도 남편이 두량을 못하면 아내들이 무척 고생하니, 성실한 이장 아들과 결혼한 신부는 행운이다. 예식장에 도착할 때까지 동네 사람들은 새신랑 칭찬을 입에 침이 마르도록 했다.

턱시도를 입고 머리를 반지르르하게 빗어 넘긴 새신랑은 웃음을 주체 못한 채, 동네 어른들을 반갑게 맞이하며 허리를 반으로 접었다 펴기를 반복했다. 그 모습이 얼마나 늠름하고 믿음직스러운지, 나는 흐뭇한 마음으로 한동안 신랑의 얼굴을 바라보았다. 얼마나 시간이 흘렀을까. 식장을 가득 채운 하객들의 시선이 집중된 가운데, 사회자의 "신랑 입장!" 이란 말이 끝나기도 전에 신랑은 웃음 가득한 얼굴로 성큼 한 발을 내디뎠다. 그러자 식장 안은 '아하하하' 웃음꽃이 수라장이 되었다.

"아니, 저렇게 성급한 사람이 그 나이까지 어떻게 기다렸을까."

아까 차에서 덕담을 하시던 금봉이 할아버지가 웃음을 터트리며 한말씀하시자, 석호네 형님이 다시 맞장구를 치며 말한다.

"그러게 말이에요. 첫딸은 맡아 놓은 셈이네요."

그 말을 듣고 식장 안은 다시 웃음바다가 되었고, 약 반 시간 동안 이어진 예식은 마무리되었다.

이장네 아들의 혼인날은 날씨까지 도와주었다. 구름 한 점 없는 맑은 하늘, 바람 한 점 없는 따사로운 햇살이 종일토록 비쳤다. 식장과 식당에는 울긋불긋한 한복을 입은 아이들과 어른들이 잔칫날 분위기를 한껏 북돋웠다. 음식도 푸짐하게 준비되어 사람들의 마음을 더욱 흡족하게 했다.

덕담과 웃음이 오가는 동안 잔치는 무르익어 갔고, 동네 청년회에서는 신혼부부가 떠날 여행 차량을 식당 앞에 대기시켰다. 차 앞은 오색 테이프와 갖가지 꽃으로 화려하게 장식되었고, 뒤꽁무니에는 빈 깡통들이 매달렸다. 차 주위에는 온 동네 사람들이 겹겹으로 둘러 있는데 웃음으로 입을 다물지 못하는 신랑이 신부를 앞세우면서 차에 오르기 전, 어른들을 향해 다시 한번 깊이 허리를 숙여 인사했다.

여러 인사를 받으며 차가 출발하자, 동네 사람들은 환한 웃음을 지으며 손을 높이 흔들었다. 신혼부부의 차가 골목 끝을 빠져나갈 때까지, 그들의 시선은 한참이나 머물렀다.

변한 세상 1

유월이 무르익어 가고 있다. 하순으로 접어들면서 수은주는 날마다 오르고, 산과 들은 녹음방초로 푸르름을 더해 간다. 소서를 앞두고도 이렇게 더운데, 어찌 여름 내내 밭일을 할 것인가? 전에는 듣지 못했던 '폭염주의보'라는 단어가 근래에 와서는 자주 들리더니, 올해도 수 차례 있을 것이라는 예보가 있다. 그러니 은근히 겁이 난다.

아침 햇살이 잦혀지기 전에 밭에 풀을 매야 한다. 철길 아래에 있는 도라지밭을 향해 바깥마당을 가로질러 밭둑으로 올라섰다. 마침 건너편에서 이장댁이 급히 우리 집 쪽으로 오고 있다. 나는 이장댁이 가까이 오기를 기다렸다가 말을 걸었다.

"형님, 어디를 그렇게 바쁘게 가세요?"

하고 묻자, 이장댁은 빠른 걸음을 멈춘다. 그러고는 오른쪽 옆구리에 손을 얹으면서 구부정한 허리를 바로 세우더니

"응, 참 잘 만났구먼. 나 그러잖아도 은호 엄마 좀 보려고 서둘러 오는 길이야."

허리도 굵고 손목도 굵은 이장댁. 햇볕에 그을려 구릿빛 나는 얼굴에 웃음이 번지는데 이빨이 유난히 하얗다. 보아하니 무슨 도움을 청하려는 눈빛이다.

"형님, 무슨 일이 있으신가 봐요?"

하고 묻자, 이장댁은 머뭇거리다가 말을 꺼냈다.

"그러니까 말이야, 거시기 원래 우리 아들이 해야 할 일인데 말이지…."

며느리가 오늘 산부인과 정기검진을 받는 날인지라 아들이 병원에 같이 가야 한다고 했다. 그런데 하필 농업기술 센터에서 중요한 영농교육이 있어 시간이 겹치니 어쩌면 좋으냐고 한다. 말끝을 흐리더니 덧니를 내보이며 소리 없이 웃는데 뻔한 답을 기다리는 눈빛이다.

"형님, 걱정하지 마세요. 제가 지금 밭에 풀을 매러 가는 길인데, 오후로 미루고 지금 제 차로 같이 다녀오면 되겠네요."

하자 이장댁은 기다렸다는 듯이 금세 함박웃음을 지으며

"그렇게만 해 주면 정말 고맙지. 내가 병원 갔다 와서 밭을 한나절 매 줄게. 요즘 촌에서 얼마나 바쁜데, 얼른 가서 며느리랑 준비하겠으니 우리 집으로 오라고."

말을 마친 이장댁은 몸을 돌려 빠른 걸음으로 멀어졌다.

지난 초봄, 마흔 중반을 훌쩍 넘긴 큰아들의 혼사를 치른 이장댁은 달덩이 같은 며느리를 맞이한 이후 오일장마다 바구니 가득 장을 봤다. 이장은 동네를 다니거나 논에 나갈 때마다 벙싯벙싯 웃음을 지었고, 이를 본 동네 사람들은 이장네에 무슨 보물이라도 생긴 줄 알았다.

그로부터 석 달이 지나며 며느리가 입덧을 시작하자, 이장은 입이 귀에 걸렸고 이장댁은 더욱 바빠졌다. 우리 동네는 농촌이긴 하지만 산골이 아닌 읍내와 가까운 시골 마을이다. 그런데도 아기들은 찾아볼 수 없고, 초등학생 두어 명과, 중고등학생 몇 명이 겨우 있을 뿐이다. 이런 마을에 아기 탄생의 징조가 있으니 동네 사람 모두에게 큰 경사가 아닌가. 오늘은 새벽에 텃밭에 나갔다가, 논의 물꼬를 보고 오는 이장 아들을 만났다. 내가 축하의 말을 건네자, 이장 아들은 뒤통수를 긁적이며

"고맙습니다. 동네 어르신들께서 너무 기뻐하시니 몸 둘 바를 모르겠습니다."

하며 허리를 굽혀 인사를 하였는데, 오늘은 나도 이장네 경사에 한몫하게 되었으니 덩달아 기쁘기만 하다.

밭으로 향하던 걸음을 돌려 집에 와서는 외출복으로 갈아입고 이장댁 대문 앞에 차를 세웠다. 텃밭에서 담뱃잎을 따던 이장은 얼른 허리를 펴며

“은호 엄마, 고마워. 며칠 뒤 읍내 나가면 삼계탕 사 줄게!”

일의 대가를 약속한다. 싱글벙글 웃음을 참지 못하는 이장의 말이 끝나기도 전에 이장댁이 며느리를 앞세우고 차를 향해 나오며

“이봐요!”

남편을 길게 부르는 소리다.

“우리는 병원 갔다가 맛있는 거 사 먹고 올 테니까, 당신은 알아서 점심 챙겨 드시라고요!”

당당하게 말한다. 태어날 손주를 생각하니 힘이 솟는가 보다. 평소 장에서 식사 때가 되어도 간식조차 사 먹지 않던 이장댁은 며느리를 맞은 뒤 생활 방식이 많이 달라졌다. 옷차림은 깔끔해졌고, 부엌살림도 어찌나 정리 정돈을 잘하는지 모른다. 얼마 전 저녁 마실을 왔을 때, 내가 왜 그렇게 달라졌느냐고 물으니 이장댁은

“시부모님 살아 계실 적에는 하늘같이 모시고 살았지. 그런데 지금은 그게 아니야. 세상이 얼마나 변했다고. 자식 말도 듣고 신식으로 살아야지.”

그러면서 이어지는 말이

“서로 아껴 주고, 내가 조금 어렵더라도 참아야지. 내 아들이 소중하면 며느리도 소중하지.”

역시 동네에서 ‘교과서’라 불리는 이장댁다운 말이다. 성실하게 평생을 흙과 살아오다가 큰아들을 늦게서야 결혼시켰다. 그리고 며느리에게 태기가 있으니 세상 부러울 것이 무엇이며 아낄 것이 어디 있으랴.

오늘 산부인과 진찰에서 정상이라는 결과를 듣고는 읍내 식당에 들러 이른 점심을 먹었다.

"내가 며느리를 맞고는 참 행복하네. 이렇게 식당에 와서 맛난 음식도 자주 먹고."

이장댁은 환하게 웃으며 반찬 이것저것을 며느리 앞으로 밀어놓았고, 며느리는 송구스러워하며

"어머님이 아껴 주셔서 몸 둘 바를 모르겠어요."

한다. 자상한 시어머니와 착한 며느리의 오붓한 모습에 내 마음도 푸근해졌다. 사실, 우리가 새댁이었을 때는 고된 시집살이를 했다. 대가족의 삼시 세끼를 준비하느라 하루가 빠듯했다. 가마솥에 불을 때어 밥을 짓고, 일꾼들 밥을 머리에 이고 논둑을 걸으며 땀을 비 오듯 흘리던 시절이 있었다. 고된 시집살이를 하고 아이들이 자라는 동안 강산이 몇 번 바뀌고 세상도 변했다. 이제는 웬만한 시골 집도 대문 앞까지 승용차가 들어오는 시대가 되었다.

식당을 나선 나는 조심스럽게 읍내 길을 빠져나와 시골 마을로 접어들었다. 차 안은 조용하기만 하다. 뒷좌석을 살펴보니, 이장댁은 며느리의 손을 꼭 잡은 채 깊은 잠에 빠져 있고, 며느리도 고개를 끄덕이며 졸고 있다.

산고(産苦)의 기쁨

저녁 식사 준비를 다 해놓고 집을 나섰다. 저녁때인지라 공기가 좀 차갑게 느껴졌다. 겨울의 짧은 해가 서산마루에 걸려있는데, 곧 넘어갈 듯 온통 하늘을 붉게 물들이고 있었다. 마당을 질러 텃밭 둑으로 올라섰다. 아름다운 저녁노을을 등에 지고 이장 집으로 향하는데 절로 흐뭇한 미소가 지어졌다.

조금 걷다 보니 밭 아래쪽에서 혼자 사는 이웃집 아저씨가 대문을 밀고 나오다가

"아니, 은호 엄마, 저녁때 밥은 안 하고 어디 가는가?"

나를 보고 걸음을 멈추며 하는 말이다.

"아, 예. 아저씨, 저 이장 집에 좀 가려고요."

이장 집 쪽을 손짓하며 말하자, 아저씨는 호주머니에 손을 찌르면서

"이장은 참 살맛 나겠구먼. 가을일 다 끝내놓고 떡하니 손주까지 봤으니 말이야. 그보다 더 좋은 일이 세상에 어디 있겠어? 안 그런가, 은호 엄마?"

나를 빤히 쳐다보며 묻는 말이다. 며칠 전 이장 집 며느리가 아기를

낳았다는 소식은 이미 동네 사람들 모두가 알고 있었지만, 아저씨의 말투에서는 왠지 혼자 사는 사람의 쓸쓸함이 묻어났다.

"얼른 다녀오라고."

심드렁하게 말하면서 아저씨는 군불을 때려는지 담 밑에서 장작 한 다발을 들고는 안으로 들어갔다.

누런빛으로 변한 밭둑을 걷다 이장 집을 바라보았다. 마침 키가 작달막한 이장댁이 플라스틱 대야를 들고나와 바깥마당 귀퉁이에 물을 획 뿌렸다. 뽀얀 수증기가 공중에 떠오르는 걸 보니, 아기를 금방 목욕시킨 모양이었다. 뒤도 돌아보지 않고 재빠르게 집 안으로 들어가는데, 이장댁의 얼굴이 멀리서 봐도 달덩이같이 환하다.

봄부터 가을까지 쉴 새 없이 일하더니 이제는 고대하던 손주를 보아 얼마나 기쁘겠는가. 부지런하고 순박한 이장댁. 며느리의 산후조리를 돕느라 고되겠지만, 손주 보는 재미에 고생도 잊을 듯했다. 오전에 읍내에 나갔을 때 사 온 신생아 옷 한 벌을 겨드랑이에 끼고 이장 집 대문 안으로 들어섰다. 부엌에서 일하던 이장댁이 어느새 나를 보았는지 얼른 부엌문을 넘어 나오며

"은호 엄마, 오는가?"

환한 웃음을 짓는다.

"형님, 축하드려요. 손주 보셔서 얼마나 기쁘세요! 산후조리 돕느라 힘드시죠?"

"힘들기는 무슨. 너무 좋네, 너무 좋아. 그런데 며느리가 난산을 했거든. 지금도 보기가 안쓰러워."

힘이 들어 있던 이장댁의 목소리가 이내 약해진다. 그도 그럴 것이 서른여덟에 첫아이를 낳은 며느리가 힘들었을 법도 했다. 이장댁은 가을 내내 며느리의 출산을 은근히 걱정해 왔는데, 그 걱정이 현실이 된 것이다.

"아니, 그렇게 힘들었으면 수술하지 왜 고생시켰대요?"

내 물음에 이장댁은 손사래를 홰홰 치며

"이 사람아, 나도 그리 하라 했지. 그런데 며느리가 자유분만 한다고 끝까지 고집을 피우더라니까."

하더니, 휴 한숨을 쉬고는

"땀으로 몃을 수도 없이 감는데, 나는 어찌할 수가 없어 사시나무처럼 떨었다니까."

며느리의 산고 이야기가 한참 이어졌다. 며느리가 시어머니의 손을 몇 시간 동안 꽉 잡고는 해산하고 나서야 놓았다는데, 이장댁은 지금도 손이 얼얼하다며 양손을 마주 비볐다.

산고(産苦). 옛날에는 임산부들이 산기가 있어 방으로 들어가기 전, 댓

돌 위에 신발을 벗으며 '과연 내가 순산하고 다시 나와 이 신발을 신을 수 있을까?'라고 했다고 한다. 그런데 요즘은 결혼 연령이 늦어지면서 초산에 난산하는 경우가 종종 있다. 이장 집 며느리도 그런 경우인지라 안쓰럽기도 했고, 굳이 자유 분만을 고집하며 모성애의 힘을 발휘한 모습이 대견하기도 했다.

한참 이야기를 나누다가 집 안을 둘러보니 정작 손주 본 것을 가장 기뻐할 이장이 안 보였다.

"그런데 형님, 이장님은 어디 가셨어요?"

내 질문이 끝나기도 전에 이장댁은 입천장이 다 보일 만큼 크게 하하하 웃음을 터뜨렸다. 웃음이 끝난 후, 양손으로 입을 가리며 내게 바짝 다가와 속삭인다.

"은호 엄마, 그 양반 지금 어디 갔는지 아는가? 윗마을에 한학 공부한 어르신 계시지 않는가? 그분께 아기 이름을 지어달라고 갔지. 지금쯤 돌아올 시간이 됐구먼."

말을 마치면서 내게서 조금 물러서는데, 얼굴엔 온통 웃음뿐이다.

그때 대문이 열리며 이장이 들어섰다. 나를 보자

"은호 엄마, 왔는가."

하고 인사를 하더니, 다짜고짜 아기가 있는 방을 향해 큰 목소리로 외쳤다.

“현덕이! 현덕이는 자는가?”

그 뜬금없는 소리에 이장댁은 눈을 동그랗게 뜨며 물었다.

“아니, 현덕이라니요?”

“우리 아기 이름이지. 어질고 덕이 있는 사람이 되라는 뜻이야.”

하며 환하게 웃는데, 그 목소리에는 기쁨이 가득 담겨 있다.

이장의 흐뭇한 얼굴을 보니, 지금 이 순간이 그의 삶에서 가장 행복한 순간임이 틀림없다. 이보다 더 기쁜 출산의 소식이 어디 있을까. 옛사람들은 세상에서 가장 듣기 좋은 소리 세 가지로 ‘다듬이 소리, 아기 울음소리, 글 읽는 소리’라 했다. 이장 집은 이 세 가지를 두루 갖춘 것이 틀림없다.

아픔

봄이 오는 길목이다. 겨울을 견뎌낸 나무들이 서서히 기지개를 켜고, 농부들은 논두렁을 걸으며 한 해 농사를 계획하고 있다. 나 역시 작년에 둔 감자 씨를 꺼내 사랑방 문 앞에서 실한 것을 고르고 있었다.

"은호 엄마, 감자 심으려고?"

하는 소리에 눈을 들어보니, 이장댁이 양손 무겁게 무언가를 들고는 마당으로 들어섰다.

"아니, 무엇을 그렇게 들고 오세요?"

"오늘이 우리 애기 백일이야. 어린 것이 수술을 받아 얼마나 마음이 아팠는지, 같이 걱정해 준 동네 어른들이 너무 고마워서…. 그래서 떡을 돌리는 중이야."

이장댁은 백설기와 팥단지 떡을 돌리고 있다. 윗마을 기봉이 할아버지한테 떡을 드리니, 답례로 이불 꿰맬 때 쓰는 흰색 실 두 타래를 선물하며 꼭 현덕이 목에 걸어 주라고 당부했다고 한다. 떡 한 봉지를 내놓은 이장댁은 뒷집 아저씨네로 향하며 잰걸음을 옮겼다.

현덕이의 백일이 그렇게 지났다. 봄이 가고 여름도 지나, 어느새 들녘은 황금빛 물결로 가득 찼다. 논둑을 걸으며 바라보니 허수아비가 참새 떼들의 극성으로 몸살을 앓고 있다. 벼 수확이 끝날 때까지 조금만 참으면 마음 놓고 쉴 텐데 여전히 눈을 부릅뜨고는 이빨을 하얗게 드러낸 모습이 화가 잔뜩 난 것 같다.

밭걷이가 시작되었으니, 얼마 후 들일이 끝나면 논도 밭도 조용해질 것이다. 허수아비도 심심해지겠지. 들에서 돌아오고 나니 이장네 소식이 궁금해졌다. 이른 저녁을 먹고 설거지를 서둘러 마친 후, 대문 밖으로 나섰다.

'지금쯤이면 무슨 연락이 왔겠지. 정오가 되면 수술이 시작된다고 했으니….'

혼자 중얼거리며 걷기 시작했다. 이장의 손자 현덕이는 태어난 지 두 달도 되지 않아 선천적 심장질환을 진단받았고, 백일이 채 되기도 전에 첫 번째 심장 수술을 받았다. 그리고 오늘은 두 번째 수술 날이다.

해는 이미 서산을 넘어갔고 잔광이 아름답다. 저녁때마다 하늘이 그리는 그림 같은 풍경을 감상하며 아름다운 자연에 감탄했는데 요즘은 영 마음에 들어오지 않는다. 산과 들이 울긋불긋 옷을 입고 산들바람이 불어와도 마음 한구석이 무겁다. 이장네의 아픔이 동네, 아니 우리 모두의 아픔이다.

밭둑으로 올라서서 걷는데 자꾸만 걸음이 빨라진다. 이장네 텃밭에 이장댁이 앉아 있는 모습이 건너다보였다.

'저녁때 밥은 안 하고 무얼 하는가?'

혼자 말을 하며 다가가는데 바짝 곁에까지 다가가도 아무 반응이 없다.

"아니 형님, 무얼 그리하시길래 사람이 와도 돌아보지도 않으세요?"

하니 그때야,

"아, 은호 엄마구먼. 하는 일이 뭐가 있겠어. 일이 손에 잡히지도 않아."

하며 일어나는데 얼굴이 말이 아니다. 사실 나도 처음에 현덕이 수술 소식을 듣고 많이 놀랐다. 신문이나 TV에서나 보던 일이 이렇게 가까운 이웃에게 일어나니 참 마음이 아팠다. 이장댁의 근심스러운 얼굴로 보아 암만해도 서울에서 소식이 아직 안 왔나 보다. 위로의 말도 이제는 쉽게 나오지 않았다. 이장댁의 손을 잡고 집 안으로 들어갔다. 사랑방 댓돌 위에 이장의 신발이 놓여 있었다.

"형님, 이장님은요?"

하고 물으니

"방에서 온종일 나오지 않아. 신문만 보고 있나 봐."

했다.

이장댁은 평소에 신앙을 가지지 않았던 사람이다. 한 번도 신을 찾지 않았던 자신이 오늘은 간절한 기도를 했다고 한다. 하느님이든 부처님이든 상관없이, 현덕이를 위해 기도를 수없이 했다고 한다.

마루에 힘없이 앉아 있는 이장댁. 저녁 시간이 훌쩍 지났는데도 밥 지을 생각이 없어 보였다.

"형님, 저녁밥 해야지요?"

하니, 천천히 손사래를 치면서 아침에 지은 밥이 있어서 먹게 되면 그걸 먹겠다고 한다. 그것도

"우리 애기 소식이 와야 먹든지 말든지 하지. 늙은이들이 한 끼 굶는다고 병이라도 나겠어?"

하는데 말에 힘이라고는 전혀 들어 있지 않았다. 이장 내외가 예순을 훌쩍 넘겨 얻은 첫 손자이다. 눈에 넣어도 아프지 않을 것 같은 손자가 이런 중한 병에 걸릴 줄은 아무도 예상하지 못했다. 정초부터 아프기 시작했던 현덕이가 오늘을 넘기면 꼭 건강하게 돌아오리라. 현대 의학을 믿으라고 이장댁에게 재차 이야기했다. 그러자 이장댁이 내 손을 꼭 잡았다.

"그려, 그래야지. 고마워, 은호 엄마."

그러고는 이야기를 이어갔다. 읍내에서 몇 년 전부터 짓던 아파트가 내년 봄에 완공되어 입주를 시작한다고 했다. 그래서 그곳으로 아들 내외와 현덕이가 이사를 할 예정이라고 한다. 며느리와 일 년 넘겨 함께 살며 사람 사는 게 이런 거구나 느꼈다는데, 그만 손주가 아파 마음이 말이 아니라고 했다.

그때 안방에서 전화벨이 크게 울렸다. 이장댁이 후다닥 방으로 들어가는데, 동시에 사랑방 문이 벌컥 열리며 이장이 급히 나왔다.

"에미야, 응 그래, 너희들 고생한다. 아범이랑 저녁 잘 먹으렴. 응, 알았어."

수화기를 내려놓고 손등으로 눈물을 훔치며 나오는 이장댁. 조금은 안심이 되는 얼굴빛이다. 수술이 잘 되었고 중환자실 면회 시간에 현덕이를 보고 나와 지금 전화를 한 거란다.

그 말을 들은 이장의 얼굴에도 안도의 빛이 돌았다.

"그럴 테지. 요즘 의술이 얼마나 좋다고."

나도 소식을 들었으니 슬며시 일어났다. 시간만 지나면 건강한 손주를 다시 보게 될 테니 그간 마음을 놓고 있으라는 말을 하고는 이장 집 대문을 나섰다. 그 사이 밖은 많이 어두워졌다.

"은호 엄마, 길이 잘 보이려나?"

"걱정하지 마세요, 형님. 자주 다니는 길이라 괜찮아요."

이장 부부와 인사를 나누고 밭둑으로 올라섰다. 하늘을 올려다보니 벌써 초롱초롱한 별 밭에서 빛이 쏟아지고 있었다. 현덕이의 소식을 들어서일까, 칠흑 같은 어둠을 밝히는 밤하늘의 별들이 유난히 아름답게 보였다.

노(老) 부부

김장이 끝나면서 계절은 사실 겨울로 접어들었다. 그러나 12월이 다 가도록 흔한 눈 한번 오지 않았다. 그저 영상의 날씨가 이어지는가 하면 밤사이 살며시 오는 눈마저 어찌나 시시한지 날이 새면 금세 녹아 버리곤 하였다.

그런데 해가 바뀌고 정월이 되어 중순에 이르니 이게 웬일인가. 펑펑 푸짐하게 쏟아붓는 눈을 보게 되었는데 마침 나는 급성폐렴으로 병원에 입원하게 되었다. 병실을 둘러보니 환자 중 70을 넘긴 할머니가 세 분, 모두 빙판에서 넘어져 손과 팔목을 수술받은 분들이다. 세 분은 혼자가 아니면 두 분이 사는 경우였다. 내 침대 옆의 할머니는 할아버지가 간호하고 계셨고 사흘 전에 팔목에 사고가 났다고 한다.

사실 병실 안은 온기가 도는 곳이다. 금세 이웃과 친해지고 인정이 오고 간다. 또 하루가 지나면 가족이 몇 명인지, 부모와 자식 간의 정이 어느 정도인지도 파악된다. 저녁이 되면 환자들의 아들딸들이 다녀가는데 그때마다 병실 안이 떠들썩하곤 한다.

옆 침대 환자의 보호자 할아버지는 온종일 별말씀이 없으셨다. 할머니 곁에 있거나 밖의 휴게실에서 TV를 보다가 들어오곤 하셨다. 며칠이 지난 후, 할아버지의 성품에 대해 할머니한테서 듣게 되었다. 지금 일흔 중반을 훌쩍 넘고 있지만 아직도 시골에서 과수원 삼천 평을 하는데 주로 할아버지가 한다고 했다. 경운기를 비롯한 농기계를 손수 운전하고 일없이 하루해를 보내지 못하는 성품이라고 한다. 생전 처음 이런 사고를 만나 병원에서 지내게 되었다고.

추운 겨울 삼동을 지나는 동안에도 과수원 일은 없으나 아침저녁으로 밭에 나가 사과나무를 살피고 나무 삭정이를 따거나 하며 돌본다고 했다. 그런데 이렇게 병실에 갇혀 있으니 할아버지는 매우 갑갑할 거라고 할머니는 말했다. 저녁때에 며느리가 간식거리를 사 들고 문병을 또 왔다. 그러면서,

"제가 어머니 간호를 할 테니 아버님은 집에 가셔서 쉬세요."

한다. 할아버지는 그 말을 분명히 들었을 텐데 아무 대꾸가 없다. 그러자 할머니가

"며칠을 병실에 있으니 오죽 답답하시겠어. 바람도 쏘일 겸 집에 가서 쉬시구려, 옷도 갈아입으시고."

잘 알아듣도록 말하는데 이번에도 묵묵부답이다. 한참을 있다가 할머니가 또 입을 연다.

"오늘 밤은 여기서 자고 내일 일찍 집으로 가시구려."

할아버지의 답을 들을 것도 없이 할머니가 결정짓는다. 늦은 오후에 며느리가 돌아가고 할머니 시중을 마친 할아버지는 좁디좁은 간이침대에서 잠을 청하는 것이다.

머리는 죄다 하얗고 체구는 버쩍 말랐으며 주름진 얼굴에 눈꼬리가 아래로 약간 처져 온화해 보였다. 장소가 장소이니만큼 어찌 깊은 잠이 들겠는가. 새벽 일찍 일어나 밖에 나가더니 신문을 들고 들어왔다. 아침 식사가 끝이 났고 매일 오던 대로 며느리가 왔다. 할머니는

"어서 집에 가셔, 어서요."

재촉했다. 이렇게 등 떠밀려 할아버지는 시골집으로 갔다. 아침이 지나고 점심이 지났다. 저녁 식사가 막 끝나 가는데 글쎄 할아버지가 병실로 들어오는 게 아닌가. 휘둥그런 눈으로 할머니 하는 말이,

"아니 하룻밤도 안 지나고 왜 오셨어요?"

알 수 없는 표정의 할아버지, 슬금슬금 들어와 할머니 옆 간이침대에 몸을 조용히 내려놓으며

"집에 가니 영 심심해서."

짧게 답했다. 눈만 뜨면 밭에 나가 사과나무들을 자식 돌보듯 했던 세월이 어언 50년, 그러나 그렇게 정성을 쏟았던 것들도 집에 아내가 없으면 아무것도 아니며 눈에 들어오는 것도 없었나 보다.

‘아내’의 어원은 ‘안에서 해’라고 한다. 아내는 집안에서의 해, 해가 없는 가정은 깜깜하다. 이때까지 한 번도 혼자가 아니었던 할아버지가 어두운 집에서 아내 없이 시간을 보내기가 어찌 한나절이라도 지루하지 않았겠는가. 그러니 선걸음으로 되돌아온 것이었다. 집에 가셨다가 하루해를 넘기지 못하고 돌아온 할아버지는 여전히 말이 적었다. 몸이 불편한 아내 곁을 조용히 지키는 모습을 보니 고 김수환 추기경님의 말이 생각났다.

‘머리와 입으로 하는 사랑은 향기가 없다.’

며칠간의 모습이지만 옆자리 노부부가 산 평생의 삶이 머리에 그려졌다. 인(人)자의 참뜻이 담겨있는 삶, 그러나 어디 그런 삶을 살기가 그리 쉬운가. 흙으로 다져진 오랜 세월 속에 아낌없이 베푸는 자연과 조화를 이루며 산 이 노부부는 뿌리 깊은 나무가 되어 있었다.

병실 안 좁은 골목, 간이침대 위에 누운 소박한 노신사를 물끄러미 내려다보았다. 육신을 수십 년 끌고 다니다 보면 거죽은 변하기 마련이다. 그러나 중심을 지니고 사는 사람은 늘 새롭고 영혼에 나이가 들지 않는다. 자연은 그 순박한 노부부에게 어떤 세월이 지나도 시들거나 변하지 않는 최고의 삶을 선사한 것이 아닐까. 늦가을, 마을 산자락에 저절로 피어난 들국화처럼 깊은 여운을 선물 받는다.

달님이 창가에

초여름 오후, 햇살이 기울어 가는 마당에는 짙은 은행나무 그림자가 길게 드리워져 있다. 들과 산은 연두에서 초록으로 짙어가고, 논밭에는 농번기가 한창이라 하루 종일 사람들의 발걸음이 끊이지 않는다. 오월도 어느덧 하순을 향해 가고 있다.

밭에는 고추와 참깨를 심었다. 이른 봄에 심었던 감자와 콩들의 푸른 잎들이 따사로운 봄볕을 받아 너울거리며 건강하게 자라고 있다. 아침부터 텃밭에서 풀을 매느라 흘린 땀을 생각하면, 작년 이맘때 힘들다며 농사일을 줄이겠다고 다짐했던 것이 무색하다. 해마다 봄이 오면 그 마음은 어느새 허물어지고 자꾸 새로운 것을 심게 된다.

온종일 일한 탓에 몸이 노곤하다. 씻고 저녁을 먹으니 벌써 아홉 시가 넘었다. 책이고 뭐고, 이렇게 고단할 때는 잠이 최고다. 내일 또 호미를 들고 할 일이 있기에 푹 자려고 방에 들어섰다. 그런데 하얀 달빛이 문틈으로 먼저 살며시 새어 들어와 있다. 창문을 한 뼘쯤 열었다. 기다렸

다는 듯이 쏟아지는 달빛이 방바닥 깊숙이 흘러들어와 소리 없이 깔린
다.

　구름 한 점 없는 밤하늘에 두둥실 떠 있는 보름달. 몸은 젖은 솜처럼
지쳐 있지만, 온 마을에 가득한 달빛을 뿌리치지 못하고 창틀에 기대어
턱을 괸 채 한동안 달님을 바라본다.
　깊이 숨을 들이쉬니 시원한 밤공기가 목덜미를 간지럽힌다. 고요함과
적막 속에서 달빛은 속삭이듯 말하는 듯하다.
　"피곤은 무엇이야, 무거우면 내려놓아."

　때마침 텃논에서는 개구리들이 소낙비처럼 큰 소리로 합창을 시작하
고, 동네 동쪽 꽃산에서는 뻐꾸기와 소쩍새가 번갈아 울어댄다. 어린 시
절부터 익숙한 자연의 하모니를 환한 달빛 아래에서 들으니 고단함이
어느새 사라지고, 홀로 있지만 참 행복하다.

　문득 새댁 시절이 떠오른다. 많은 가족의 저녁 설거지를 마치면, 중고
등학교에 다니는 시동생과 시누이의 교복을 다려야 했다. 흰 남방에 회
색 바지, 풀 먹이는 일은 낮에 틈틈이 해 놓았다. 다리미에 넣을 숯은 저
녁밥을 지으면서 준비했다. 저녁 식사가 끝나고 초저녁이 되면 바깥마
당에 멍석을 깔고 다림질을 했는데, 그때는 전깃불이 없었다. 대낮처럼

밝은 달빛이 저녁 일을 하는 나에게는 유일한 빛이었다.

　시동생과 시누이의 교복을 비롯해 대가족의 여러 옷가지를 모두 다리고 나면 달님은 서쪽으로 저만큼 옮겨갔다. 그때쯤이면 모깃불 연기도 차츰 가늘어지면서 주위는 바닷밑처럼 고요했었는데….

　마당 한쪽에는 긴 헛간이 있었다. 그 지붕 위에는 여름마다 하얀 박꽃이 초저녁에 활짝 피어 밤이 지나 아침에 보면 어느새 수줍게 오므리던 모습이 눈에 선하다. 또 그리운 것은 반딧불이다. 꽁무니에 불빛을 달고는 칠흑 같은 어둠 속을 반짝이며 날아다니던 반딧불은 지금은 어디로 사라졌을까.

　추억은 끝이 없다. 하나, 둘 떠올리다 보면, 마치 자석에 녹슨 쇠붙이가 주렁주렁 달려 나오듯 이어진다. 예전에는 당연하게 여겨졌던 일들이 지금은 참으로 고맙게 느껴진다. 오늘 같은 밤에는 달님이 고맙고, 시원한 밤공기가 고맙고, 그믐날의 캄캄한 밤하늘에 영롱하게 반짝이는 별들이 고맙다. 동네 한가운데 장승처럼 우뚝 서서 마을을 지켜온 당산나무도 마찬가지다. 예전에는 여름만 되면 짙은 그늘을 만들었다. 한낮에 땀 흘리던 농부들의 쉼터가 되어 마을 사람들에게 효자 노릇을 하였다. 지금은 마을회관에 에어컨이 설치되어 그 자리를 내주었지만, 여전히 묵묵히 동네 가운데에 서 있다. 그래서 당산나무는 우리 동네의 터줏대감이며 가장 소중한 보물이다.

이 밤에 어찌 동네의 모든 이야기를 다 할 수 있을까. 이런저런 생각을 뒤로하고 창가에서 몸을 돌리니 방 안에는 여전히 고요한 달빛이 가득하다. 자리에 누웠지만 밖에서는 여전히 뻐꾸기, 소쩍새, 개구리들이 지치지도 않는지 울어댄다.

"애들아, 너희들은 내가 잠에 깊이 빠져 꿈나라에 이를 때까지 계속 노래를 부르렴."

뻐꾹뻐꾹, 쏙독쏙독, 개굴개굴…. 아직도 달님은 내 방 창가에 소리 없이 머물고 있는데 곤한 육신은 세상에서 가장 무겁다는 눈꺼풀을 들어 올리지를 못한다.

허울만 남다

동짓달도 하순에 이르렀다. 떡국을 먹으며 손자, 손녀와 조카들에게 덕담을 건네던 계사년 정초가 엊그제 같은데, 눈 깜빡할 사이에 한 해가 훌쩍 지나갔다. 나이를 먹을수록 시간이 빨리 간다더니, 그 말이 딱 맞다.

요즘은 농한기라 아침도 느지막이 먹고 TV에 한참 빠졌다가 슬슬 밖으로 나왔다. 그러자 집 추녀 끝에서 뚝뚝 낙숫물 소리가 들린다. 온 대지에 하얗게 내려앉은 서리가 햇살에 스르르 녹으며 내는 소리다. 햇볕을 받으며 마당을 거닐다가 텃밭으로 들어서니, 땅도 부드러운 숨결을 내뱉는 듯하다. 그런데 이때 동네 마이크에서 경음악이 흘러나왔다. 마을에 알릴 일이 있으면 이장은 으레 이렇게 한다. 그러면 사람들은 하던 일을 멈추고 귀를 기울이거나, 집 안에서는 문을 열고 마이크 소리에 집중한다.

얼마 지나지 않아 이장의 기침 소리가 두어 번 들리더니 방송이 시작되었다.

"이장입니다. 안녕들 하십니까?"

　이어서 윗마을 김 씨 노인의 팔순 잔치 소식이 전해졌다. 올해는 마을 회관이 아니라 읍내 큰 식당에서 열린다고 한다. 식당차가 11시에 마을회관 앞에 대기하니 한 분도 빠짐없이 시간을 맞춰 꼭 나오라는 당부였다.

　사실 요즘은 시골에서 어른들 생신 잔치를 크게 하지 않는다. 내가 아이들을 키울 때만 해도 시아버님 생신이면 매년 음식을 정성껏 장만하였다. 동네 어른들을 모두 초청해 하루를 즐겁게 해 드렸다. 그러나 그런 풍습은 이미 오래전에 사라졌다. 요즘은 식당에서 하거나 가족끼리 간소하게 치른다. 그런데 몇 해 전부터 김 씨 노인은 회관에서 생신 잔치를 하더니, 올해는 아예 읍내 식당으로 자리를 옮기는 모양이다.

　내가 새댁이던 시절, 김 씨 노인은 전답이 아주 많아 동네 유지로 통했으며 고집도 대단했다. 그런데 허세가 조금 심해서 우리 텃논 건너에 사는 아저씨는 늘 이렇게 말했다.
　“저 사람 말은 절대로 다 믿으면 안 돼. 반으로 접어 들어야 돼.”
　그러던 어느 날부터 김 씨 노인의 집안 이야기가 동네에 소문이 잔잔히 퍼지기 시작했다. 내용인즉, 대학을 갓 졸업한 아들이 사업을 시작하여 논을 팔아 올라갔다는 것이다. 그러더니 곧 딸들의 학업이 중단되고 몇 해 지나 밭이 팔리고, 또 몇 해가 지나 산이 팔리더니 집과 텃밭만 남았다. 그 후 소식은 끊겼다. 그 당시 사십 줄에 있던 김 씨 노인은 한창 나이였고 동네 일에도 많은 도움을 주었다. 동네 어른들 단체여행을 갈 때나 무슨 일이 있을 때마다 도움을 수시로 주곤 하였다. 마을 회관에도 종종 나와 동네 사람들과 어울리며 살았다. 그러나 집안에 이런 일이 있은 후에는 차츰차츰 걸음이 뜸해지다가 나이가 들면서 걸음을 전혀 하지 않았다. 수십 년이 지나고 아들이 생일을 챙기면서 다시 동네 사람들과 만나게 되었는데 그러는 동안 나이는 팔십에 이르게 되었다.

작년 김 씨 노인의 생일날, 회관에서 식사가 끝나고 과일과 따끈한 생강차가 올라왔다. 그러더니 늘 뒤에만 있던 김 씨 노인의 아들이 앞으로 나왔다. 자세를 바로 하고는 어른들을 향하여 큰절을 올리는 바람에 모두가 어리둥절했다. 환갑도, 칠순도, 팔순도 아닌데 무슨 인사를 크게 하는가 싶었다. 그 아들은 조용히 얼굴을 펴고 입을 열었다. 회관 안은 쥐 죽은 듯 고요해졌다. 그가 꺼낸 이야기는 사십 년 전, 대학 졸업 후 시작한 사업 얘기였다. 돈이면 다 되는 줄 알았고, 아버지의 재산을 바탕으로 뛰어들었으나 세상은 그에게 거센 바람뿐이었다. 젊은 나이에 무모하게 사업을 시작한 탓에 고생을 했고, 지금은 그저 먹고 살 만하다고 담담히 말했다. 웃으며 주절주절 얘기했다. 이미 머리는 희끗희끗했고, 초로의 세월이 그의 어깨에 드리워져 있었다. 그러나 고향이 있고, 부모 품에 돌아올 수 있음에 감사하다고 했다. 돌아와 보니 자신은 예순을 넘겼고, 집은 허물어져 있으며 부모는 백발이 되어 있었다. 그래서 이런 밥상이라도 차리게 되었다는 것이다.

동네에서 기운 세기로 소문났던 김 씨 노인도 아들 뒷바라지로 전답이 다 털리고 힘없는 노후를 보내는 것이다. 플라톤이 말했듯, '늙으면 허수아비가 된다.' 빈 자루가 바로 서지 못하듯, 김 씨 노인도 젊을 적의 위세와 허풍은 사라지고 합죽이 입가에는 주름만 남았다. 웃을 때마다 그 주름이 파르르 떨렸다. 아들의 속내를 들은 김 씨 노인은 잔잔한 미소를 지었다. 오랜 세월 마음이 편할 리 없었겠으나, 아들 이야기를 남 앞에서 말한 적은 한 번도 없었다. 재산이 줄줄이 팔려 나갔어도 자식을 위한 일이니 당연히 여겼다. 주고, 또 주고 싶은 것이 부모 마음 아니던가.

늙은 아버지는 이제 아들의 효도를 받는다. 잔치가 끝난 뒤 집으로 돌아가는 길, 김 씨 노인은 마을 사람들에게 일일이 인사하며 크게 웃었다. 퀭한 눈, 텅 빈 입 안, 그대로였다. 마른 장작개비 같은 아버지의 손을 아들은 굳게 잡고 있었다. 깊게 팬 주름이 얼굴을 덮었지만, 그 모습은 아들에게 허망함이나 서글픔이 아니라 깨달음이 되었으리라. 지난 세월이 더없이 소중하고 귀하다는 것을 알게 되었으리라.

이것이 바로 작년의 일이다. 올해는 읍내 식당에서 잔치를 한다니, 작년보다 더 융숭한 자리가 될 듯하다. 김 씨 노인의 미소도 작년보다 더 밝겠지.

변한 세상 2

입춘이 지났다고 함부로 외투와 겨울옷을 세탁하여 장롱에 넣어 두면 안 된다. 물론 한 번도 거르지 않는 꽃샘추위가 찾아오지만, 2월 하순에 접어들어도 추위는 여전하고 바람은 차갑다. 그래도 계절이 지나면 버릇처럼 장롱 속을 뒤져서 안 입는 옷을 골라내곤 한다. 며칠 전, 시간을 내어 한나절 동안 정리하다 보니 버릴 옷이 꽤 많았다. 몇 년 전부터 입지 않게 되었지만 아까워서 버리지 못했거나 상태가 너무 좋아서 자리를 차지하고 있는 옷들이다. 그런데 올해는 과감히 결단을 내리고 옷을 추리다 보니 한 보따리가 되었다. 문제는 이 옷들을 어디에 버릴 것인가 하는 것이다.

몇 년 전까지만 해도 이렇게 나오는 헌 옷들을 '헌 옷 수거함'에 주로 넣었다. 그러면 업체에서 가져다가 잘 재활용하는 줄 알았다. 그런데, 얼마 전에 TV를 시청하다가 깜짝 놀랐다. 아프리카와 동남아 어느 나라에서 실제로 벌어지고 있는 상황이었다. 헌 옷들이 쓰레기와 섞여 산더미처럼 쌓여 있었다. 한쪽에서는 굴착기가 그것들을 파헤치고, 다른 쪽에서는 아이들과 어른들이 뒤엉켜 옷더미 속을 헤집으며 무언가를 찾아 그릇에 담는 것이었다. 자세히 보니 플라스틱 조각과 페트병 등을 골라내는 것이었다. 우리나라에서는 너무나 흔한 것들인데 그곳에서는 돈벌이가 되나 보다. 기가 막혔다. 알고 보니 우리가 아무 생각 없이 '헌 옷 수거함'에 넣는 옷들은 모아져서 해외, 특히 빈민국으로 수출된다고 한다. 하지만 그 옷들은 전부 사용되지 않으며, 아주 적은 양만 골라지고 나머지는 바닷가나 외진 곳에 버려져 산더미처럼 쌓인다고 한다, 참 어이가 없는 일이다. 이렇게 버려진 옷더미는 환경에 큰 영향을 미쳐 심각한 상황을 초래한다고 하니 이를 어찌하면 좋은가? 이런 사실을 알고부터는 옷을 사는 일과 버리는 일에 더 조심하게 되었다. 웬만하면 안 사고 덜 버리는 길 밖에는 없다.

내가 유년이었을 때는 1960년대 중반이었다. 그 시절은 모든 물자가 귀했다. 우리 동네에는 천주교 공소가 있었는데 바로 우리 집과 가까운 이웃이었다. 그곳에는 매년 한두 번 미국에서 오는 구호품이 있었다. 천주교 신도 가정의 아이들은 옷과 분유를 받았는데, 난 그게 참 부러웠다. 명절을 손꼽아 기다리던 시절, 명절이 되어야 새 옷, 혹은 어머니가 빨아주신 깨끗한 옷을 입을 수 있었다. 몇 살 터울의 언니가 있는 친구들이 옷을 물려받아 입는 모습을 보며, 나도 옷을 물려받을 언니가 있었으면 하고도 생각했다. 변변치 못한 옷을 입고도 십리 길을 찬바람 맞으며 학교에 다녔다. 운동회 날 달리기에서 1등, 2등, 혹은 3등을 하여 상품으로 연필 한 자루, 또는 공책 한 권을 받으면 얼마나 자랑스러웠던가.

초등학교와 중학교를 마친 후 서울로 상경하여 고등학교에 진학하였고 졸업 후 직장에 다니게 되었다. 꿈 많던 시절, 멋스러움보다 현실이 중요했다. 직장에 다니면 학교 다닐 때와는 다르게 옷이 더 필요했다. 그래서 생각해 낸 것이 고등학교 내내 입었던 검정색 교복 치마, 지금은 찾아볼 수도 없는 후리아 치마였다. 고등학교 삼 년 내내 학교 갈 때뿐 아니라 외출할 때도 입었던 교복이었다. 그 교복 치마를 옷 수선집에 부탁하여 타이트 치마로 만들었다. 그 후로 그 치마를 수년간 얼마나 잘 입었는지 모른다. 그 시대는 바로 박정희 대통령 시절이었고, 전 국민의 구호가 '잘살아 보세'였으니 나는 당시 청년 애국자였다. 시간이 지나면서 생활 수준은 바뀌었지만 그때 길들여진 근검절약의 습관이 지금까지도 이어지고 있다.

인생은 크고 거대한 일보다 지극히 작고 사소한 일들로 이루어져 있음을 이제야 깨닫는다. 생활 습관, 음식 습관, 모든 것이 다 그렇다. 조금씩 변해 가는 세월 속에 문명이 가져다주는 편리함을 추구하다 보니 오늘에 이른 것이다. 하지만 변하지 않는 사실은, 지금 우리가 쓰고 있

는 모든 물건은 지구상에 있는 한정된 자원의 일부라는 것이다. 선조로
부터 물려받은 자원이니 우리 자손에게도 물려줘야 하지 않겠는가. 세
계 곳곳에서 일어나는 대형 산불, 홍수, 그리고 쓰나미. 그런가 하면 해
가 갈수록 더워지는 여름 날씨, 녹아 가는 북극의 얼음과 파괴되는 자
연. 이들 앞에서 두려움이 앞선다.

'자연이 사람의 미래'라는 말을 어느 책에선가 읽었다. 인간은 자연과
공생하는 관계 속에서 살아간다. 그러나 그 관계가 무너지면 한쪽은 기
울어지고, 결국 넘어지거나 파괴된다. 그 결과가 우리에게 서서히 다가
오는 듯하다.

유년 시절, 배고프던 봄날이면 산에 올라가 아카시아, 진달래, 찔레꽃
순 등을 따 먹었다. 들과 산은 향기로운 꽃향기가 가득했다. 양지바른
언덕에 핀 이름 모르는 꽃들을 마음껏 감상할 수 있었다. 그때의 추억은
아름답고 소중한 이야깃거리가 되어 지금은 손자, 손녀들에게 시대의
변천사처럼 들려준다.

추려진 커다란 옷 보따리가 문제다. '모르는 게 약이다'라는 속담이 있
다. 내가 아무것도 몰랐다면 그냥 옷 수거함에 넣었을 것이다. 그러나
'아는 것이 병이라'고, 의류함에 넣는 만큼 자연은 파괴되니 어찌하면 좋

겠는가. 나 하나만 이런다고 자연보호가 되겠느냐마는 정답은 알 수가 없다. 옷장은 헐렁해져서 한갓지다. 몇 벌의 옷이 남아 있지만 그 옷들은 유행과는 무관하기에 남겨 두기로 했다. 결국 생각 끝에 옷 보따리를 광 한쪽에 모셔 놓았다. 어떻게 처리해야 할지는 두고두고 생각해 보아야겠다. 광 문을 나서는데 변한 세상과 세월의 무상함이 느껴진다.

정(情) 2

입동이 벌써 지난 11월 하순, 엊그제 메주까지 쑤어 가을 일이 거의 마무리되어 간다. 논밭이 텅 비어 있다. 마당 끝자락과 밭둑에 있는 나무들은 겨울을 받아들일 채비를 끝낸 채 묵묵히 서 있다. 우리 동네 동쪽에서 아침마다 둥근 해를 불끈 밀어 올리는 꽃산의 단풍들도 어느새 자취를 감추었다. 봄에는 파랗게 움이 트고 여름에 무성히 자라 가을에 누렇게 익는다. 겨울에는 말문을 닫고 여물어 간다. 이런 모습이 우리에게 익숙한 건 오랫동안 농사를 짓고 살면서 자연 속에서 일어나는 세세한 것들을 아주 잘 이해하기 때문이다.

슬슬 텃밭으로 들어섰다. 김장을 기다리는 배추들, 그러나 속이 차지 않아 김장하기에는 좀 어설프다. 이미 때가 되었으니 김장은 해야겠고 오는 주말은 김장 날로 잡아 아들, 딸네 가족들이 죄다 몰려온다는데 걱정이다. 우리 두 식구만 먹는다면 아무래도 괜찮은데 자녀들에게 줄 것은 그래도 배추 속이 차야 하는데 이를 어쩌나? 올가을 태풍이 몇 차례 오는 바람에 우리 집은 김장 농사를 잘 못 지었다. 때에 맞추어 씨를 파종하여 정성을 들여 가꾸었는데 태풍이 지나면서 배추를 망쳐놓았다. 다시 파종하는 바람에 늦게 속이 차기 시작하였던 거다. 몇 년 전에도 늦장마로 인해 배추 농사를 부실하게 지었었는데 역시 기후가 농사에는 가장 중요한 조건이다.

한참을 배추밭에서 걱정스러운 얼굴로 서성이었다. 마침 읍내에 나갔던 남편이 돌아오면서 나를 보자 이내 밭으로 들어오더니 배추 걱정을 말라고 한다. 조금 전에 길에서 송 아저씨를 만났는데 그 집은 배추가 아주 실하고 이미 김장을 다 하였단다. 스무 포기가 남아서 우리에게 주기로 했다고. 송 아저씨는 도시에서 살다가 우리 동네로 이사 온 지 이 년째 된다. 아저씨 말로는 늙은이들이 무슨 귀농이겠느냐, 그저 시골이 좋아서 퇴직 후 내려왔다며 우리 집 앞을 오갈 때마다 농사 정보를 나누곤 하였다. 그런데 배추 농사가 잘 되어 우리까지 준다니 반가운 말이다. 성질 급한 남편은 지금 곧 배추를 가지러 가자고 한다. 그런데 나는 금세 걱정이 생겼다. 준다는 건 좋으나 그냥 이웃에 사는 정으로 주는지 아니면 돈을 받고 주는지….

사실 촌에서는 나누어 먹는 것은 보통이다. 이웃에서 동치미 담을 무가 모자란다면 선뜻 우리 것을 뽑아다 주고, 감자를 안 심었으면 감자 캐는 날 한 삼태기 담아 가져다주는 건 예삿일이다. 그런데 송 아저씨는 우리의 이런 농심을 아는지 모르는지 갈피를 잡을 수가 없다. 만약 배추를 그냥 주면 사과라도 한 상자 사다 선물해야 할 것이다. 이런저런 생각을 하는데 남편은 어서 가자고 재촉이다. 하는 수 없이 지갑을 챙겨 송 아저씨 집으로 갔다. 배추를 다 싣고 조심스레 아저씨에게 다가가

"배추 값은 얼마나 드려야 되나요? 제가 가격을 잘 몰라서요."

했다. 그러자 대뜸

"삼만 원만 주십시오. 안식구는 더 받으라고 하는데 그럴 수야 있나요."

한다. 얼른 돌아서서 지갑을 열고는 지폐를 세어 돈을 건네주었다. 지갑을 가져온 것이 참 다행이다 생각했다. 그러면서 배추를 참 잘 가꾸었다고 칭찬하니 아저씨는 또 말을 한다.

"농사짓기 정말 힘듭니다. 이렇게 공을 많이 들이는데 비하면 나오는 것이 아주 적습니다."

그렇다. 농사는 어려운 직업이다. 인내와 근면이 없으면 해 낼 수 없다. 고된 노동을 천직으로 평생 살아온 우리 동네 농군들이다. 나오는 것이 있건 없건 먹고 남으면 나누는 것을 오래된 풍습으로 살아왔다. 상인들한테는 당연히 팔지만 이웃간에는 주고받고, 한나절 일도 손이 모자라면 선뜻 나서서 해 주곤 한다.

농군 이 년 차, 농촌의 이해되지 않은 농심이 가슴에 배이기에는 아직

시간이 필요하다. 송 아저씨 댁에서 배추를 싣고 집에 돌아와 짐을 푸는데 텃논 건너 주홍이네 집 바깥마당에서 김장을 하느라 시끌벅적 야단이다. 건너다보니 어제 절였던 배추를 이웃들이 씻는 중이다. 주홍이네는 읍 소재지에서 아주 큰 식당을 한다. 그래서 해마다 가을이면 김장을 두 차례 한다. 처음에는 배추를 사서하고, 두 번째 김장은 초겨울에 이웃사촌들이 자기네 김장하고 남는 배추들을 죄다 주니 그것으로 한다. 차에서 배추를 서둘러 내리고는 잰걸음으로 주홍이네로 향했다. 이웃들은 얼굴에 웃음을 가득 담고는 마당으로 들어서는 나에게 버무린 배추 양념 속을 커다란 잎에 잔뜩 얹어 주며 간을 보란다. 입에 넣자마자 혀에 착 감긴다. 우물우물 씹어 꿀꺽 삼키고는 주홍 엄마를 찾았다. 벌써 점심 준비를 하느라 마당과 주방을 들락거리다가 내 목소리를 듣고는

"형님 오셨구먼요."

한다. 나는 얼른 집 안으로 들어가

"주홍 엄마 미안하네, 우리가 올해에는 김장 농사를 망쳤거든…."

하며 다음 말을 이으려는데 주홍엄마는 말 중간을 뚝 자르며

"형님 걱정 마세요. 올해 잘 못 지으셨으면 내년에 잘 지어서 두 배로 주시면 되지, 안 그래요?"

묻고 답까지 하고는 입천장이 다 보이도록 입을 크게 벌린 채 '하하하하' 웃어제낀다. 넉살, 배짱, 재치까지 두루 갖춘 주홍엄마, 익살을 떨지만 밉지 않고 예쁘기만 하다.

실컷 웃고 떠들면서도 손을 바삐 움직이니 김장은 그런대로 일찍 끝
났다. 커다란 대야에 가득 버무린 겉절이를 한 그릇씩 퍼서 일한 이웃들
에게 준다. 묵직한 겉절이 봉지를 받아 들고 집으로 향하니 초겨울 오후
의 저무는 햇살은 얇기만 하다.

대목장날

삼동 가운데 선 겨울이 큰 한파 한번 없이 섣달그믐으로 가고 있다. 하늘은 잿빛으로 내려앉고 눈발은 없으나 그래도 한기가 있어 어깨를 들썩하다가 팔짱을 끼어본다. 근래에 와서는 기상이변으로 여름은 견디기 힘들 만큼 더워지고 겨울에는 추위가 와도 기온이 옛날처럼 영하로 깊숙이 떨어지질 않는다.

삼한 사온이 없어진 지 오래다. 하룻밤 사이 고드름이 쑥쑥 자라고 고추보다 더 맵던 우리 유년 시절의 추위는 오지 않을지도 모르는 일이다. 읍내를 건너다보니 차량이 조금은 부산하게 꼬리를 무는데 그 뒤를 가끔 경운기가 느린 걸음을 한다. 아마도 오늘이 대목 장이라 버스가 뜸한 시골 오지에 사는 농군들이 장을 보러 나오는 길인 것 같다.

그래도 우리 동네는 읍내를 건너다볼 수 있는 거리이기에 보통 걸어서 장엘 가거나 자전거로 가며 짐이 있을 때는 승용차를 이용한다. 한참을 서 있자니 읍내를 나가는 큰길에 윗마을에서 혼자 사는 봉이 할머니와 우리 집에서 조금 떨어진 곳에 사는 석순네 형님이 장엘 가고 있다. 두 분 다 무언가를 손에 묵직하게 들었는데 석순네 형님은 봉이 할머니보다 나이가 아래여도 허리가 반으로 접혔기에 보는 사람들의 마음을 안쓰럽게 만든다.

명절이 돌아오면 촌에서는 객지에 사는 손자, 손녀를 기다리는 것이 유일한 낙이다. 그들이 오면 무언가를 주고 싶어 며칠 전부터 음식도 장만하고 장에 가서 여러 가지를 사 오곤 한다. 나도 오늘 장에 가려고 어제부터 생각나는 대로 시장바구니에 이것저것을 준비해 놓았다. 튀밥도 두어 솥 튀겨야 하고 기름도 짜야 하고 여러 가지를 사다 보면 꽤 짐이 많아지니 오늘은 승용차를 이용하려고 마음먹고 부지런히 움직이었다.

잿빛 하늘이 조금은 벗어지고 파란색 하늘 모습을 내민다. 시골 사람들 대목장 보는데 도우려나 보다. 장 입구에 발을 들여놓으니 많은 사람이 북적거린다. 오늘은 대장간도 문을 활짝 열어젖혔고, 주인이 바쁘게 왔다 갔다 한다. 상인들도 부산한 걸음을 한다. 요즘 시골 오일장이 평소에는 사람들도 거의 없고 장사꾼들만 물건을 죽 펴놓은 채 하품만 무는데 오늘은 시골 대목장답다.

가져온 쌀과 콩을 튀밥 튀기는 곳에 맡기고 돌아서니, 여기저기 차일 아래 물건들이 수북이 쌓여 있다. 벌써 손 마이크를 들고 '좋은 물건 반 값'이라고 떠들어댄다. 궁금하여 다가가니 사람들이 빙 둘러서 있어서 장사꾼은 보이지 않는다. 까치발을 하고 간신히 넘겨다보니 웬 젊은이가 검은 안경을 끼고 밤색 중절모자를 눌러썼는데 얼굴도 구릿빛이다. 각종 이불과 베개를 잔뜩 쌓아 놓았고 옆에 주차한 트럭에도 수북이 실려 있다. 젊은이는 말할 때마다 가지런한 하얀 이가 드러나는데 인상과는 달리 입담이 구수하며 연신 싱글벙글한다. 외모에 비해 말씨가 유순하니 사람들은 쉬이 다가가 한 번 값을 물어본다. 또 주춤주춤하다가 이불이나 베갯잇을 고르곤 한다. 나도 한참을 구경하다가 베갯잇을 그만 두 개 고르고 말았다. '옛말에 웃는 얼굴에 침 못 뱉는다'라는 말이 있다. 예상에 없었던 물건을 초장부터 사고도 서운하지 않은 것은 그 젊은이가 하도 열심히 사는 게 좋아 보였던 때문이다.

돌아서 생선전으로 들어서는데 튀밥 튀기는 쪽에서 '펑펑' 소리가 연거푸 들려온다. 대목을 단단히 보는 모양이다. 장을 한 바퀴 돌다 보니 평소에 보이지 않던 물건들이 눈에 들어온다. 살펴보니 죽세품이다. 바구니, 용수, 키, 체 등과, 짚으로 만든 삼태기, 망태기이다. 물론 이런 것들이 중국산이라는 걸 알고는 있다. 그렇지만 왠지 사랑스럽고 정겹게만 느껴지는 건 내가 유년 때 우리 아버지께서 만들어 사용했던 생활필수품이었기 때문이다. 지금은 문명에 밀려 한낱 골동품 또는 장식용으로만 사용되는데 오늘 만나 보니 반갑기 그지없다.

이곳저곳을 들르다 보니 정오가 지났다. 튀밥 튀기는 곳으로 다시 발을 돌리니 진을 친 사람들 틈에 귀를 막고 있는 아이들도 있다. 펑 소리에 뽀얀 김을 흠뻑 토하며 쏟아져 나오는 튀밥의 구수한 냄새로 시장기도는 장꾼들의 시선을 끈다.

이런저런 물건을 차에 싣고는 장을 벗어났다. 읍내에서 동네 길로 들어서는 입구에, 아침나절 장에 왔던 봉이 할머니와 석순네 형님이 웅크리고 앉아 있다. 파란 하늘에서 비치는 오후의 식은 햇빛을 두 노인이 받으며 무슨 얘기인지 정답게 나누고 있다. 옆에는 튀밥 자루로 보이는 커다란 비닐봉지가 하나씩 놓여 있다. 바짝 다가가 차를 세우고
"차에 타세요. 제가 모셔다드릴게요."
하자 손차양하고는 한동안 나를 물끄러미 바라보던 봉이 할머니가
"그러고 보니 아랫마을에 사는 은호에미 아닌가? 눈이 침침해서 사람도 몰라본다니까. 나보고 타라고? 고마워서 어쩌지, 이 그려 그럼."
몸을 무겁게 일으키는 할머니. 차의 뒷문을 열고 할머니와 석순네 형님을 태우고 짐을 실으니 형님은,
"저는요 가끔 타는구먼요, 미안하기는 하지만 이웃 정이려니 하세요."
석순네 형님의 말을 듣는 둥 마는 둥, 봉이 할머니는 차에 타자마자

무슨 일을 시작하셨는지 뒤에서 계속 부스럭부스럭하신다. 나는 동네 큰길을 들어서서 석순네 형님 댁을 지나 윗마을 봉이 할머니 집 앞에 차를 세웠다. 튀밥 자루를 내려드리려 뒷문을 열자

"은호 에미, 이거 지름값 보시라 생각하고 받아."

검정 비닐봉지에 무언가를 가득 담아 내게 내미는데 분명 튀밥인 것 같다. 집에 오는 길인데 이러시면 어쩌냐 사양하다가 받아 들었다. 할머니를 부축하여 집 안으로 들어가니 한기가 가득하다. 댓돌 위에는 낡은 방한화 한 켤레가 놓여 있다. 돌아서 나와 출발하려고 운전석에 올랐다. 조수석 창문을 내리며 인사하자 토방에 서신 할머니는 텅 빈 입을 크게 벌리고 웃으며 어서 가라고 손사래를 치신다.